自我的地理学

马永波◎著

浙江工商大學出版社
ZHEJIANG GONGSHANG UNIVERSITY PRESS

图书在版编目(CIP)数据

自我的地理学 / 马永波著. — 杭州 ：浙江工商
大学出版社,2018.9 (2018.11重印)
ISBN 978-7-5178-2891-4

Ⅰ. ①自… Ⅱ. ①马… Ⅲ. ①诗集－中国－当代
Ⅳ. ①I227

中国版本图书馆CIP数据核字(2018)第180296号

自我的地理学

马永波 著

责任编辑	唐慧慧　李相玲	
封面设计	小　虫　林朦朦	
责任印制	包建辉	
出版发行	浙江工商大学出版社	
	（杭州市教工路198号　邮政编码310012）	
	（E-mail：zjgsupress@163.com）	
	（网址：http://www.zjgsupress.com）	
	电话：0571-88904980，88831806（传真）	
排　版	杭州彩地电脑图文有限公司	
印　刷	北京虎彩文化传播有限公司	
开　本	880mm×1230mm 1/32	
印　张	7.875	
字　数	181千	
版 印 次	2018年9月第1版　2018年11月第2次印刷	
书　号	ISBN 978-7-5178-2891-4	
定　价	35.80元	

总　序

　　新世纪已经走过了将近20个年头，相较于20世纪80年代和90年代的写作，汉语诗歌取得了稳固的进步。没有了80年代为强化诗歌的主体性与意识形态的激烈对峙，没有了90年代对语言与社会关系无止无休的辨析，新世纪的诗歌发展平稳而信心十足。经过了近40年的洗礼，诗人们普遍开始以平和的心态和深入的体悟，来面对时代的风云变幻。可以说，诗人们经过了朦胧诗和第三代诗歌对个体主体性的确立所付出的艰辛努力，经过了90年代个人化写作所积累的经验和想象力，写作技艺已日臻成熟，而新世纪最初10年的网络书写所开启的无中心性、无权威性的民主状态，再次使得诗歌回到其本然的起点——从个体生命的感知出发，面对对象，尽情展开，不拘一格，汉语诗歌的格局已经有了新的气象。

　　从新时期开始，为了确立自我的主体性，汉语诗歌曾经经历了一段异常艰难的时期。作为对现代性的某种抵抗和否定，现代主义诗歌尽管对辨识现代否定性的意识形态有所帮助，但并未在匡正后者方面取得成功，因为现代信仰体系及其概念已然能够对所有挑战它的行为进行过滤、塑造和转向了。在思想启蒙语境下高扬自我的朦胧诗的主体性便束缚于这种反对立场，无法实现本原性的展开，而主体性恰恰需要以其所对立的对象来定义和界定。其后的第三代诗歌及90年代中前期的个人化写作，再次采取反叛的姿态，对朦胧诗的代言式主体进行解构，试图恢复到日常生活的平面化上来，诉诸人的本能与下意识，解构、欲望和狂欢成为新的关键词，以消解意识形态对潜意识的符号化，可是事实证明，这同时带来的必然是批判精神的丧失。

然而，在这种精神自觉的向度趋于式微的情况下，少数重要诗人却在其对写作的先行探索中展开了自己对主体性的特别理解，既不同于朦胧诗以一种意识形态抵抗国家美学的主体性，又不同于其后普遍对狂欢化欲望书写的过度依赖，他们已经开始从单纯的解构走向建构。他们更重视此刻此地，能够从日常经验中发现事物的神秘性，他们更超越、更从容地对待过去，从而能与当下的生活没有阻隔地融合，而获得一种单纯的使偶然完美的能力。就他们而言，对于来自翻译的现代主义和后现代主义技巧的遍历策略与实验，已不是他们之所需，传统与个人经验、词语与物、审美愉悦与道德承担、个人生活与公共世界之间的张力，已不再成为问题和阻碍，而是深入更广大的历史与精神空间的途径。尤其难能可贵的是，在将幻觉的启示、超验或抽象的动力注入经验的结构之时，诗人们往往对统一和总体化怀有清醒的自我意识，一种自我质疑的气质抵抗着从可见向不可见的过渡升华，而这样的自我意识，不但是文学，也是人格成熟的重要标志。对语言的社会力量和自我的建构性的重视，使得诗歌超出了以往简单的个人经验的塑造，从此，汉语诗歌开始真正走向建设性的成熟。

　　诗学理念的最高体现就在于诗歌文本本身，这也是本文库冠以"诗与诗学"之名的一个起因，同时也保留了某种开放性与可拓展性。文库集中收录沉潜于文本建设、秉承独立美学立场、精神取向高洁、人本与文本高度统一的优秀诗人的个人诗集和诗评家的诗学专著，凸显诗人们的综合实力与造诣，树立沉凝、高雅、大气的艺术形象。

马永波

目　录

第一辑　日常生活的悲剧性与神秘性

第二辑 一个人的游戏

第三辑 对面的房间

第一辑

日常生活的
悲剧性与神秘性

清晨的考古学

譬如有一首诗遗忘在梦中
清晨你在林中散步，把鸭子的叫声
列入让你欣喜的事物清单

一切就可以一直这样下去了
被你关上的门后，灰尘不再发光
无论你怎么努力
那些词语都像是重新滑回深水的鱼
你所写下的都是那首梦中之诗的影子

于是你继续散步，继续遇见
半生不熟的面孔，微笑，点头，打着招呼
仿佛你可以醒来，仿佛你一直坐在清晨的阳光中
有些茫然

雪的消息

在我的故乡，下雪
是时常发生的事情
那些我向他们打听过雪的消息的人
都消失在故乡深处
就像雪消失在天空之中

于是，寒冷从一个词中渗透出来
像从石头内部泛出的霜
一些人呵着气回来了
他们没有名字却显得非常熟悉

因为下雪，在我的故乡
是时常发生的事情
仿佛在汽车上，道路迎面而来
一些粗糙的景物被照亮
片刻后又是无穷的黑暗

瞬　间

这是在南方，我正经历的第一个冬天
一座小城，不知起源于什么岁月的运河
我在等一个人，夜越来越深了
这座城的寂静也越来越深了

我向漆黑的园子里张望
踱上几步，我并没有着急
我甚至忘记了等待的原因
忘记了在雨后的深夜，我们要去往哪里
漆黑的枝头上，每隔一段时间
就凝聚出一颗透亮的水珠
从我的手指一直凉下去

那是在什么时候，在南方的哪一座城市
我已回想不起，但那水珠的冰凉
那春天般的气息，漆黑的树枝
远处观音庙的微光，还有古老的运河
它们，将比我长久，长过我的记忆
和我所等待的人，以及等待的原因

外面下雨了

外面下雨了
有人开始奔跑，有人在悬铃木下仰起初恋的小脸
有人在埃及的沙漠，脸上多了一些尘埃
有人突然爱上了一些，低于膝盖的东西

尘埃落在迦太基，落在狄多的鼻尖上
尘埃是愤怒分叉的火舌
说着始终不变的事情：眼泪，时间，雨

在外面，在古代天青色的叹息中
在我的窗上，雨珠追赶着雨珠
欢快地拥抱，融合，留下灰尘的印迹

外面还在下雨吗
不知何时，我已经来到了树下

作为剧场说明的诗

很多年来，时间已经长得让我忘记了
到底是从什么时候开始
我对一心一意认真生活的人
产生了某种带有鄙夷的好奇心
他们做什么便是做什么本身
而我则像漩涡边缘的一个木片
拼命地转动，既想摆脱中心的吸引
又要保持在边缘，那个越来越深的中心
到底是什么，我一次都没能看清
漩涡就消散在激流中
我也被裹挟到了另一个地方
对人类生活无意义的观察
逐渐使我自己的生活丧失了意义
似乎我经历的事物都没有经历我
记忆和期望这两个不断碰撞的悬崖
粉碎了任何试图通过的经验的小船
我有时怀疑事物是否真的发生过
还是仅仅是我头脑中出现的词语
我开始怀疑自身存在的确定性
也许我只是一部小说的开头
类似于"那么，叫我以实玛利吧"

或者，"格利高尔一觉醒来"
它始终没有完成，一个无名作者
留在世上的遗作，无人续写
散发出老古玩店木头抽屉的气味
河湾膨胀闪亮的淤泥的气味
老人衣服上酸涩的烟草的气味
我似乎爱过一些什么
我的永远年轻的母亲和另一个
年轻女人，在一条倾斜的街道对面
一直在说着我似懂非懂的事情
我独自在街道这一侧，望着树顶
树枝上结满了多彩的宝石
小鸟一样不停地鸣叫
那童年的一天似乎始终没有过完
以至于我后来的生活
不过是在一条有斜坡的街道上
和遇见的人说一些我似懂非懂的话
那些话就像黄昏路灯下翻飞的蛾子
逐渐消失在缝隙和凉下来的草丛中
我的一生只是没有情节的戏剧
一连串无声的动作
从远处看去，显得十分怪异
我在深夜的阳台上久久坐在暗中

从那里看着我亮灯的卧室
另一个我正在那里
心情平静地等待入睡
就像胶靴慢慢探下河水时
脚上感觉到的凉意

2018年3月28日

中途停车

那是很久以前的一个秋天
那时我还年轻，还在爱着什么
呼哧呼哧的慢车上乘客稀少
我独自蜷缩在一个长座位上
从头部感觉到的车轮的震动
突然的停止中，我醒了过来

已是深夜，北方的平原一片漆黑
只有河流闪烁着微光，没有人讲话
也没有人走动，两节车厢的接合处
传来手风琴泄气般的叹息
又像是情人间争执后的安静

我起身倾听，到底发生了什么
这是在哪儿，车窗外的黑暗也在倾听
没有任何信号灯亮起
也没有火车从对面突然闯出来
挥舞着幽灵般的白气

没有任何事发生，突然
黑暗中，一只熊蜂扑到车窗上

在灰尘中留下擦痕和清晰的嗡嗡声
它的整个头部像是一只茫然的
上了漆的眼睛，茫然地望着我

许多年过去了，那次旅行的目的
我早已忘记，唯一让我怀念的
是午夜车停时整个荒野默默的汇聚
和那个始终没有下车的年轻人的不安

2018年4月13日

吃的哲学

一个儿子早夭的俄罗斯妇女
不流泪，坐在哀悼的人群外
专心致志地喝一盆汤
嘴里念叨着，汤里有盐呢

马原小的时候我问他，人为什么活着
答，为了多吃东西
现在马原二十五岁了，比我还高大
吃得不多，人生近三分之一已经过完

我小的时候看到电影里的印度大象
用鼻子卷起一团白东西塞进嘴里
总以为那是白糖，六十年代缺糖
小伙伴们到处找汁液多的草根甜秆
嘴里念叨，倒啃甘蔗节节甜

马原他妈告诉我
岳父大人每天醒得很早
安静地等着开饭
而且吃得很慢，很仔细

有天我说，人吃什么都应该开心

因为你不知道自己这辈子

最后一餐会吃什么

我的美女同事们纷纷点赞

而且更加起劲地起五更爬半夜

做美食，晒美照，这些有觉悟的人啊

一般人俺不告诉他

终于忍不住衰老了

一盘残局留在山水中

春风吹我的白发

耳朵被加了消音器

声音却戴了防雾霾的口罩

正好和所有人云山雾罩

好在还有太阳让我们真实

好在还有雪使我们变老

好在我真正的不幸

是爱上了我的不幸

在每况愈下中忙于不朽

不把自己当人

或是自己把自己当人

好在黑香蕉和花牛奶

都让我厌倦了人脸

我愿它们是一张白板或是门帘

可以随时卷起来

或是呱哒一下子拉下来

但质量优良

不会轻易撕破脸

我尤其厌倦人的眼睛

没有一双黑白无辜

还有那后面，他们自己

都说不清楚的一点可怜的脏

我厌倦了地铁里混乱的气味

无法把这些烂肉和冒泡的体腔

想象成湿漉漉的花朵

我也厌倦了人的声音

它们总是把活体青蛙钉在黑板上

我终于厌倦了我的厌倦

也许每个人看别人

都和我看别人一样厌倦

乱局或情景咏叹

披头散发的院子
被砍下的少女的头满天乱飞
向刽子手和围观者的脸上吐唾沫

鸽子啄着水泥缝
天使被雅戈的梯子戳穿
铁路边的教堂和坟墓都是空的

一个臣民都没有的暴君
统治四分五裂的自我
暗通款曲的老房子
不食人间烟火只好食**雾霾**

鹿啃铁丝，幽灵回到前生
古城墙上的无名坟墓
一个小过一个，一踩就塌

羊粪，野桃，有同样蒙尘的小青脸
做爱，是和一个空虚的未来打赌
你自己都没价值，怎能有价值观

新郎背着椅子行走，手持花束
画家手握干裂的调色板寻找缝隙
革命领袖倒立在桌子上旋转
向群众发射彩色小旗

这家伙，说话太多起雾了
跟个松鼠似的腮帮子鼓鼓的
噗地喷出一地瓜子壳

譬如两个瘦瘦的男性诗人
要和一个胖大姐诗人合影
被直接推开——一边待着去
跟两根筷子夹块肥肉似的

除了人类精神痛苦的奥秘
我对人世一无所知
昏暗的河水倒映着
木屋村庄的白色尖塔

你有一个下午的自己需要忍受

这个下午雨在半空停住了
像无数孩子转身返回了天堂
收回笑声，他们有一些词语需要清算
他们忍住了秘密却没有忍住黑暗
于是，黑暗越来越早地降临
向白杨树低语，你不能这样
瑟瑟发抖，也不能继续炫耀
你成色不一的金币
那是我迟迟未下的雨
压迫着你凹陷的肋骨
为了在街车每一次停顿时
都能看见你从后面
从一排比一排整齐的白杨后
慢慢走过来，低着头绕过树影
一次次走向那个永恒的拐角
忍受着鞋子里紫色的沙子
忍受着街上所有的人
忍受着逐渐多出来的自己
就像我忍受着逐渐空旷起来的身体
和大海上越来越远的黑房间

窗上的蚂蚱

六楼的玻璃窗轻轻响了一夜
是秋风的震颤，严霜的预感
我打开灯，寻找自己的身体
却照见一只绿色的蚂蚱
肚子坚硬如铠甲
对光线和黑暗同样无动于衷

从街边钻天杨的某一根
十足的树枝上纵身一跃
或是一点点抠着砖缝
也有可能是随风而至
拖着皱巴巴的薄纱翅膀

站在窗前，我如临深渊
它一定是停留了一夜
无声无息，一动不动
渴望进入我温暖的生活
渴望将碧玉镶嵌在我的脉搏上

阳光出来后它消失了
随之消失的
还有一整个夏天

蓝屋顶上的云

炉灶下豆荚焦糊的香味

一大铁锅的水还没有烧开

蒸汽还没有弥散在

庄稼成熟的气息中

小路上金黄的干牛粪

几乎还原成了稻草

土墙发出盐碱的气味

风只在远处吹着

屋子里没有人，很多年

人们都在大地那边

弯身而立，久久不动

为远天叹息般的蓝色

那些云也始终不动

它们在孵化屋顶

那一定是北方

一定是围栏已经打开的秋天

蓝铁皮屋顶，在午后

还会保持一阵痉挛的温暖

上课的路上遇见侄子大超

在梧桐树薄暮的阴影下
送外卖的侄子从电瓶车上叫我
我们都没有停下来
就那样打了个招呼
已经身为人父的侄子
和我一般高，生活还是那样
没有起色，只是一直维系着
像摇摇晃晃推着独轮车
载着仅有的几件旧东西
走了千山万水，摇晃着不倒
我总想起他小时候
在老家洒满阳光的院子里
我用大木盆给他洗澡，很多泡沫
他一直在笑，好像很多年
我都没有看见他笑了
安静地跟在下岗的哥嫂后面
讨份生活，或是被生活追讨
从克山到大庆、长春、银川
从哈尔滨到深圳，再到南京
就在这路上，侄子长大了

就在这路上，变得沉默了
我们还会偶尔一起看看电视
有一句没一句地说说话
而入夜的林荫道，朦胧，空荡
说不上是什么季节

相似性

山坡上妇女三五成群
头裹防风巾，手持长把锄头
偶尔刨刨毫无必要的杂草
多数时候就呆呆地杵在那里
很少交谈，偶尔望望远方
远方还是正在返青的草坡
还是傻站着和他们一样的人
好像那种叫"长脖子老等"的鸟
在等着什么东西从水草间冒出来
并一下子啄住它，无论那是什么
就像写诗，随时准备用尖锐的铅笔
钉住一个毛茸茸或湿漉漉的词语
这种类比并不能赋予写作
以劳动的合法性，只是说明
有时心不在焉，事物才会
自动出现，进入澄明之境
如果用力过猛，反会错过它们
正如自由来自适当的放弃
把土块当成鹌鹑，把少当成多
而当你是你，你便是一切
是那些妇女手中的时间
是开端、词语和草坡上蓝色的弧线

仲春日林畔听蝉

它们在土里潜伏了三年
甚至十七年，才趁着夜色
爬上附近的树，羽化欢歌
在黑色树皮上留下金色盔甲
音量随阳光变化，树叶稀疏
但很难看见它们的身姿
想起古人称它们为五色或日暮
我刚刚要说，蝉噪林愈静
它们暂停一下，随后又大声齐鸣
这些会排水散热的绿宝石
似乎在嘲笑我不会应节而变
寄藏用之机，择高枝而栖
春已过半，今年的蝉叫得格外早
提醒你怡人的日子就要结束
楼房即将变成灰色的树林
空调的铁蝉，即将不停地
嗡嗡赞美夏天，彼此喷吐热气
那时，树皮上便会出现
许多钉子拔出的小孔

整个夏天，便会有整齐的鸣叫
伪装成阵雨，直到让位给蟋蟀
越爬越高，渐渐消失在天空
当我长久仰望暗色的树枝
它们一定像麦秆上的蝈蝈那样
向树枝避光的另一面挪过去

春水流
——观佳然摄影有感

桃花开在岐路

春风吹老了故乡

与其春风里相逢

不如看你

单人匹马

不辞而别

在疏林后一起一伏地走远

与其看你走远

不如独自来到溪边

看岸边残雪，静静枯草

和不知流向何方的春水

看得久了

你就懂了

懂了，也还是不如春水一掬

有朋要自远方来

——给林众

她说过几天要带瓶好酒来南京

想和我继续二十五年前的争论：

为什么裴多菲要把自己比喻成破碎的大旗

而他的爱人是黄昏的太阳！

年轻的时候，我们在一个工厂里写诗

她拥有我所没有的关于我的记忆

这是一件相当可怕的事情

我们或许曾经熟悉，有过交谈

关于诗，关于人生，或许还有

那些不切实际的理想，苦闷的工厂

如生锈的轮饼让人动弹不得

我在厂部大楼的十三楼

经常对着窗外的松花江发呆

四季流过的总是同一些波澜不惊的水

或者下班去空旷的车间洗澡

那里的水管很粗，水特别热

能让你忘记时间的流逝

同事们最多的话题和绝望

是自己能看到自己怎么老的

那些退休的老高工迅速消失在城中

那是九十年代前期，人心思变
诗歌已经成为奢侈。我还记得
一个女同事并无恶意地说：
"你还真把诗当回事了啊！"
至于林众，陌生的老朋友
我们也许曾在稀稀拉拉的杨树下
偶尔遇见，聊上几句，树毛子落在头上
我们都在厂报《三十六棚》发东西
作为中东铁路修建时的总工厂
它已辉煌不再，许多人都已离开
我继续坚守，要和它共存亡
怎么也想不到我也会被迫离开
那埋葬了我青年时代的地方
林众是什么时候走的，我不知道
那时仿佛大战在即，大家各自逃命
但我似乎不可能和她争论诗歌
或任何东西，我只和自己过不去
我只是静静地躲开，语言
只会让人更深地陷入迷宫
陌生的老朋友林众，我只记得
她小小的，脸色黑红，热情
特别能说，这正是让我恐惧的地方

约　谈

我去约谈飞鸟
喜鹊，乌鸫，斑鸠，叽叽喳喳
都不认识叫作"飞鸟"的东西
它们与我保持着审美的距离

我去约谈小溪
小溪打了一个旋儿便径自流去
它只知道是水就要到更多的水里去

我去约谈大树
椰榆，山核桃，橡树和枫杨
它们只为啄木鸟开门
它们继续在空中聚首私语
围成一圈，俯视，等待我走开

我去约谈昆虫
它们种类繁多，披盔戴甲，五颜六色
小爪子，小翅膀，有独角大仙，有天线宝宝
还有的举着大螯，比脑袋还大
它们和密集恐惧症无关

我去约谈故人

故人旧居已空

案几瓶中的野花兀自开着

松间遗落的棋子被雨露洗得黑亮

没有面目的人坐在刚刚开花的李树上

悠荡着两脚，黑布鞋不知所终

我去约谈自己

自己在给自己挖坑

铁锹闪亮，背影一起一伏

从隐喻开始的实体

"过冬的蜜蜂在太阳里营巢。"
太阳流蜜，熊瞎子把太阳掰开
葵盘压满子弹，似朝鲜造的转盘机枪

蝌蚪突然爆裂成无数的自我
吹鼓着腮帮的，愠怒的青蛙
如果被抓住，就把腿再缩回黑脑袋里头

老夫老妻在白丁香树下捶背
戴柳条花环的少女有弹性地走向
一个光合作用的身体

入夜，双肩各顶着一盏灯
走路时不要回头看，灯会灭
姐姐说完，去给关着雨滴的路灯加油

马原带了春笋回北方，腹中空空
打电话问怎么做，答，切片清炒
竹子长得太快，你也来吧

一致性

1

一个无望地等待拆迁的大杂院
灰色开裂的木头栅栏，低矮的屋檐
阴暗幽深的室内，狭长的小巷里
垫着废砖头，两旁堆满蒙着塑料的杂物
猜不出是什么，可能很久也派不上用场
下午时分的寂静，阳光似乎很久都不移动
一个中年女子正在耐心地浇花
各种玻璃瓶子，红色的粗陶花盆
大多数植物都不认识，紫色的看椒照亮了窗口
另一个女子一动不动坐在木头上
托着腮，陷入了沉思，也不抬头
小巷后面矗立起一面爬满藤蔓的红色砖墙
没人住，户外楼梯上缠着很多布条
无法再深入了，那些花证明有人在爱着
我的到来似乎让一场谈话或一件事情
暂时悬置起来。地上散发雨水隔夜的气息
当我回到巷口，身后传来那浇花女子的声音
快做饭吧，别寻思了

那沉思的女子始终没有回应
我没有看清她一直低垂着的脸

2

当天晚上，我在梦中走过洪水漫溢的街道
古堡，广场，废旧的工厂和灰白矮小的平房
看见一大群人在张皇地排队
队伍不时鼓起一个包
是有人一脸严肃地离开队列
我又错过了什么通知，迟到了
排队是要给什么表格盖章
我找不到在哪里排队
负责盖章的公务员忽隐忽现
正焦虑之间，却见队伍最后
二哥的背影，他耐心地告诉我
哪些表格要去哪里盖章
他似乎就剩下最后一个章了
我亲热地抚摸着他的背，感到安心

3

另一天，在路边的丁香丛后

一个男人在掩埋一条狗

黄狗已经躺在浅浅的坑里

男人拿着一根木头在树后转来转去

似乎在寻找什么，或是在比量着什么

他的女人坐在隔了几棵树的路边

托着腮，陷入了沉思，或是睡着了

悲伤会使人困倦，这个我有经验

她的金色罗马凉鞋在薄暮中十分显眼

又过了几天，我在东窗下阅读

偶然转头向外望去，一个女人

正一边打电话，一边站在路边等待车流中断

她的凉鞋闪出金光，她向远处望了一下

她终于渡过了忘川，进入行道树的阴影

迅速融入绿色之中，彻底消失不见了

没有任何事情发生，这正是让我迷惑不解的地方

天　赋

我和我的母亲都是从十来岁
就学会了失眠，盯着天花板上
糊着的旧报纸，盯着盯着就漏了
每个星星都是一个旋涡，向我而来
越来越大，中间金黄，边缘黑蓝
它们既不是气体，也不是液体
而是没有五官搅着乱发的头颅
似乎有重要的信息急于传递
又没法说出来，于是就反复
俯冲，掠过又飞升，无声无息
我闭上眼睛，眼球随之转来转去
又有一大队色彩缤纷的小人儿
像马戏团演员，在我的眼角跳绳
而到了冬天，失眠就是烟草味的了
母亲的烟头在黑暗中一明一暗
我更着迷的是她用唾沫卷好的纸烟
整齐地插在小圆铁盒里
像一些白色铅笔，我抽出一根
横拖过鼻下，吸一下干烟草的甜香
它们没有燃烧时绝望的辣味
多年以后，这种干烟草的甜香

与白雪混合在一起的寒冽气息
依然让我兴奋，仿佛母亲
又向我吹过来她逐渐扩大的烟圈
要把我套住，带进她的空虚之中
仿佛这样，那骨头里祖传的不安
就会继续沉默，多年后
在同样的黑暗里，我就会耐心地
整夜不眠，将手指穿过那些
逐渐扩大的白色绞索，徒劳地
想按住那些星星的旋涡

雨后清晨散步偶拾

山上碉堡的枪眼被水泥封死
像盲目的勇士直视着山路
雨后清晨的树上，蜗牛在往下爬
它们一定是趁夜晚攻上了树顶
现在凯旋回家，柔软的身体满是伤痕
灵谷寺里的工人，边扫落叶
边嘟囔：就一把笤帚，扫什么扫
一把没把儿的笤帚扫净了江山

伪装成苔藓迷彩的虫子
在树身的绝壁上攀缘
它每次先是抬起上半身探索四周
再拱起后身，形成一小堆绿色颗粒
然后舒展开来，横过树皮的皱纹
有时静止上好半天
似乎在思索自己从哪里来
又要到哪里去，像人类的智者

膨胀的青溪变得混浊
龙虾草虾小鱼都不见踪影
黄泥和杂草很滑，无法靠近

水声也显得混浊含糊，没有态度
像后现代，悬搁了判断
而那些北方冰雪中涌流的小溪
流的不是水声，而是亘古的寂静
你要逆流而上，回到自我的源头
在那里倾听永恒的回声
看太阳的勇士，拨开纷披的枝叶
如同失散的战友，向你走来

过陵园邮局①

这座绿色琉璃瓦顶的小宫殿

曾经属于一个女人

属于她的国家和心事

屋侧高大的旗杆上绿旗低垂

门前的桃花年年开放

屋后有大片苗圃在耐心培育风景

从此向西，数里之遥

目力可及的山丘之上

便是她真正的宫殿

同样也是绿色琉璃瓦顶

她在那里读经，礼拜

接待一些有头有脸的人物

处理一些无头无尾的事务

春秋多佳日，她透过树木的空隙

眺望北边的钟山，山边的玄武湖

写下悠长的书信

也许写给另一个世界，另一个自己

然后步行向东去邮局

没有车马，没有随从

①注：陵园邮局原为民国邮局，宋美龄常常从美龄宫步行来此寄信。

她的短斗篷擦过新生的枝叶
如今，这座阴暗幽秘的小院
栏杆后只有几个穿绿衣的蜡人
值班的姑娘面容苍白
半天不动，手机的荧光
照绿她的脸，怎么看
都不是真人，也不是蜡人
而你，每天经过，不再向里面张望
你继续向东，向更深的山中行去
你总担心它把你吸进去
寄回一个作废的地址
一个和这个人世一样
空荡荡的前世或来生

白桦树之恋

你瘦削的青春独自站在池塘边
眼睫低垂，不忍看到自己洁白的身体
当春风吹过，大地微微震颤
那些爱情的疤痕还会裂开
像郊外的夜晚变深，发黑
像池塘一夜之间就盈满春水
你在草中摸不到自己暗红的心跳

你似睡非睡，把凉爽的睡意洒向水边
你的四周滴着水晶般的雨
你茫然地站在两个世界之间
你在另一个世界的欢乐
在这里只是一道疼痛的闪电
无数绿叶的心在你的阴影中跳动

北方的美少年，你永远年青
你曾和我们一起流放，像奥维德
在黑海之滨为女英雄写下书简
是女巫的魔法和芸香将你拘束
当白嘴鸦带来冰雪的气息
秋天你退回林中，秉烛而游

你独自一人，又像是一群人
你吩咐我们去生活，道路和远方
还有手风琴的闪光，就会横过树顶

那些因太过漫长的等待
而在黑森林中睡去的女巫
无法分享你晦涩的沉默
她们无法抚摸你身体的全部
只能撕下你一层层的皮肤
写下咒语，沉浸在自己的声音中
渐渐在水中化成了你的倒影
而你始终置身于另一种寂静之中

夜游黄公望结庐处

很久没有和人类一起散步了
都是和一些陌生的草木鸟虫盘桓
它们深知我骨头里的磷和黑暗
就像群星伸缩明灭的光芒
测量彼此的距离，在入夜的山中
释放出蚊子、卫星和一阵阵凉风

砂石过滤的溪水将整座竹林运送
土蜂在林畔孕育初夏的雷声
夫妻夜话的石鸡，搅拧一条泥泞的裤腿
它们已饮下各自的黑暗，变得透明
唯有我们，还沉浸在词语的黑暗中
等待自我尚未成型的意义

那暗中支配的嘴唇
迫使我们模仿万物的语言
而说出的不过是人类任性的爱情
一路将熄灭的松明抛入山谷，气息浓烈
用骨头的卷轴把山水变成风景
抵达另一个虚构的自己

只有山中的黑暗始终还是当年的黑暗

它遮住了我们尴尬的表情

让流水声格外响亮，让我们学会

用万物校正自己的时辰

恢复真实的姓氏和发音

并悄悄互换寂静的身体

门边的向日葵

不知是特意种的，还是偶然
土屋门边长出一棵向日葵
细瘦，已经接近屋檐的高度
因为紧靠门边，有屋檐在上
它弯下头颈，就像一个
谨慎耐心的人，等待门帘掀起
走出一个慵懒的穿拖鞋的少女
土屋很静，窗洞深陷
取下的窗扇斜靠在黄土墙上
玻璃下面仍有藤蔓在弯曲摸索
院子里有一只小羊在啃胶皮车轱辘
一只小白狗毛竖竖着缩在板车下面
另一只棕色的小狗像只蛤蟆
因为有人来，幸福得浑身打颤
贴地往你脚边爬，院子是个斜坡
秋日阳光像稻草散落着
这是个宁静而凄凉的山村
没有几户人家，一个人都看不见
土屋的门开着，或者干脆就没有门
大半截彩色塑料门帘似乎还是新的
没有任何声息，苞米地和果树林

在山坡上交错蔓延，忽然
你一下子就来到了一条路上
灰色的石板路，紧靠河边
河床几近干涸，另一侧
是漫长无尽低矮的民居
路很长，后面前面什么都没有
你不知道自己怎么来的
也不知道这条路通向哪里
还不到掌灯时分，四下朦胧
甚至一棵树一丝光亮都没有
你站在路上，进退两难

蚂蚁河边遇故人
——给朱元木

蚂蚁河边扛着大铁锹挖野菜包饺子
在酒厂下游滑溜溜的软泥中摸蛤蜊
在连路灯都没有的街头摸黑喝酒
站凳子上高唱春雷一声震天响
喝一会儿睡一会儿，在自家门口坐着
垂着脑袋睡到早晨，赶着马车
穿过满是马粪碎石的弯曲村巷上南大庙
看春天的溪水给山坡佩戴上深色绶带
酒后在河边的阳光下呼呼大睡，听水声
那些日子都无声无息地流走了
只剩下我们，像皱巴巴发黑的石头

你更瘦更黑了，那些低垂到地面的果子
总是一面红一面青，树根处总有灰烬
秋风吹动天涯，吹着塑料布裹住的老屋
庄稼如龙牙武士从地里齐刷刷站起
只要往里面扔块石头
大地上就会燃起绿色的战火
我们在无人居住的泥屋院子里

在没有轮子的破板车前拍照
你说，我们有房有车了

你十岁的女儿总在前面带路
她像饱满的玉米裹着薄薄的绿衣裳
她总是走向高处，停下等我们
而我们则不时停下，扶着咯吱作响的膝盖
听下面凹谷里隐约的水声
听风声渐紧，并沉默地望着
一动不动的秋云，灰色的地平线
和山坡上变幻的光影

东钱湖畔遇故人
—— 给江南梅

2007年春天，我博士毕业
拎着蓝白红条纹的编织袋
到处找工作，和下岗工人一样
袋子里装着我沉重的几十卷书
拉链还坏了。那是我第一次来南方
江南梅定好在茶社小聚
刚见面，她就要把我的编织袋扔掉
给我买个拉杆箱，我捂住袋子
坚决不肯，我没用过拉杆箱
这件事，她已经记不起来了
而我见面就问她，哪里有卖大饼的
我要买两张吃，饿了
她定的茶社本来就是要吃饭的
这件事，我却怎么都不记得了

2003年某个秋天的深夜
江南梅回湖南安葬过世的父亲
正坐着硬板回浙江，突然收到
我的短信，问她在忙什么，怎么样
她告诉我家人去世的消息

据她回忆，我当时的信息中说
"没事的，梅花，我们就是亲人。"
作为流放地网站的元老
我习惯叫她梅花或者昭昭
这个细节，我同样毫无记忆
我不是会安慰人的人，但这样的口气
和用语，应该是我能说得出来的
"落地成兄弟，何必骨肉亲。"

2011年秋天，我们同上雪窦山
观礼弥勒文化节，夜气很冷
我刚见面，看见她戴个帽子
就一把把帽檐给拉下来，整个扣住
她可爱的小脸，这亲密的恶作剧啊
2015年秋天，还是在雪窦
山上的秋天还是很冷
她显得更加瘦小了，我搂住她
坚硬的小肩膀，像个大人
搂住自己的一个孩子，我们笑着
细雨潇潇，古寺干净的庭院中
我们的笑容就像银杏树叶一样灿烂
我们本就是亲人，是一起将自己
流放到心灵故乡的战友，我们在哪儿
流放地就在哪儿，而诗歌和人生
都不过是一场英雄的梦

新安江畔晨雾

——给王国骏

起源于雾和清晨,又消失在雾中
高压线从对岸的山头横江而过
在雾中时隐时现,歪扭的村舍
半天不见人类活动的迹象
白鹭时聚时散,恰如我们
能在不到一年中见上三面
实属奢侈。第一次在象山
你脸色阴沉,你的酒量和身材
不成比例,倒是和你的高昂声调
匹配完美,那晚你醉卧车中
独自一人,醒时已是海岛的黎明
多么惊险!幸好那车没有将海风密封
五月底,你坐了三十个小时的硬板
从建德到哈尔滨,你的口音
让我们困惑又开心,还有你的固执
和固执的可爱。我们说了很多
或者什么也没有说。这一次
我们一同在微雨中登临严子陵钓台
坐画舫游江,在新叶古村转悠
在方塘边看抟云塔的倒影

把时间吃成明亮的鱼头，喝杨梅酒

新安江从我们身边静静流过

这是条缓慢的江，江面不宽

更像一条清澈见底的河流

它从古徽州出发，经过许多

未经我们允许就存在的短暂的事物

它一定也是从雾中悄悄而来

我们在清晨的细雨中沿江漫步

你说，江越到下游越宽阔

夏天水很凉，冬天十七度恒温

白沙桥上，一百多头狮子神态各异

而那些山头也依然时隐时现

雾　江

新安江的晨雾与别处没有什么不同
它裹住连绵涌向天边的山头
与对岸的炊烟混在一起
它也笼罩住烂尾楼高大嶙峋的身影
有人从此寂寞无边，也风月无边
白鹭横江，仿佛有人大笑一声出门而去

雾总会散去，像我们的话语落入水中
明天总会有的，无论它属于雾还是雨
雾起的时候我们茫然无知
我们沉浸在另一种天气里
有人在里面张网，捕蝴蝶一样
捕捉从未存在过的饱含黄金的老虎

雾气在水面铺展，暂时形成一条
与江水平行等宽的条带
江水似乎停止了流动
只有雾，像一个同样从未存在的爱人
伏在江上，它们一起缓缓移动
它们无心地抹去了沿途的村庄
林立的山头，电线，龙船

一些词语似乎从未存在过
一些词语似乎还在呼吸
雾气的消音器，使一些
对岸传来的声音失去了含义
江水还在暗暗流动
等雾消散，就是另一场的人生

夜宿拱宸桥畔

——给任轩

两只暗红色的画舫从上游带来了暮色
久久停泊，冒烟，像两口陪嫁的箱子
等待被打开，运载砂石的驳船
从桥洞下穿过，几乎没有声音
船头的灯下，几个白色塑料箱子
养着花，有人在爱着，不为流水所动

细雨打湿灯盏，细雨中无人骑驴
穿门越户，也无人将瘦马拴在柳树下
从黄色包袱里取出诗卷和黝黑的剑
这沿河的柳色隐藏起多少陈旧的事物
它们只有在深夜无人的时候
才发出微弱的光亮和叹息

但依然会有人背靠墙壁醒来
他所支持的东西恰恰在等待他倒下
像一个布满盆景的死胡同
在运河南端，那些不规则的脑袋
像灯一样亮了，直觉一般纯净

我无法拥有一条河那么长的生活
那些骷髅飞蛾围绕我沉寂下来的大脑
不要遗憾，还是把灯关上吧
这就是你的夜晚，这就是世界的方式
秋雨，依然在黑暗中下着
依然消失在大运河的水里

去年的那些鸟又来到窗外的树上

去年的那些鸟又来到窗外的树上
啄种子，那树始终叫不出名字
而每年按时来吃种子，并因此
让路面油乎乎一片小黑壳的
总是一种黄脑壳的鸟，飞起来时
圆翅膀上会露出黄白相间的花纹
而窗外的草坪上，也总会有五六只
纯黑的乌鸫，在那里久久不动
然后伸脖快速出溜几步，又停住
有点像苏格拉底，不时从沉思中
醒过来，看看市场柱廊上的天色
它们从鸡一般蓬乱的灌木丛
慢慢靠近墙角，在铁皮落水管边喝水
波德莱尔说，老诗人的鬼魂
就在落水管里无声地一升一降
于是，那些鸟儿惊飞上了梧桐
再无法从开始发黄的阔叶中分辨出来
希区柯克在拍《惊魂记》时曾说
她不会全裸，她会戴着浴帽
他还说，为了更伟大的东西
我们必须牺牲鹅肝酱。我要补充一句
还有今天中午的鸟，有几天
它们还会戴着黄色浴帽，继续出现

还是那两种鸟成群飞来

中午还是那两种鸟成群飞来
吃窗外树上的种子，不知道
种子还够它们吃几天的
也不见它们吐壳，但你从树下走过
就能看见水泥路面上的黑壳
油乎乎的。黄脑壳白背黑尾的鸟
啄种子的速度比乌鸫要快
会从意想不到的角度歪着头啄
像轻功高手随嫩枝上下摇曳
那些乌鸫则要笨拙得多
它们发现窗户缝里有人
就会相继飞走，人是最可怕的东西
但即便是鸟，找口吃食也很不容易
它们的叫声也显出多种含义
也许并不总是欢乐的表示
而人呢，也许人是所有生命中
谋生最难的，他们也要集体觅食
但分工过于专门化，采了不许吃
要上交给几只贼鸟，它们来随意分配
也不知道是谁给它们的权力
绝大部分果实都堆在云彩上酿酒

到你这里就剩下些干瘪的次品

而对于我这一介寒儒

日常生活就成了灾难

每天吃什么成了个玄学问题

而耻辱随之而来，恶性循环

如果喝西北风能活着，那该多好

现在正是刮西北风的季节

我一边这么想着，一边望着窗外

鸟都不见了，叫声还悬挂在空中

像是同情，又像是嘲笑

我深居闹市如一人独处深山

我深居闹市如一人独处深山
不是因为我穷，而是我憎恨人类
据说所有的大哲都憎恨人类
比如叔本华，没听说哪个和哈巴狗一样
见路上来个两条腿的
就靠人家裤腿脚子那里磨蹭，打滚
四脚朝天露出红色小肚皮求摸摸
吧唧吧唧小红舌头舔人家皮鞋油
这样的哈巴狗哲学家恐不多见
有也是串种，这样的知识分子倒是
满大街都是，他们对不如自己的
马上把全身的立毛机，也就是
从汗毛孔挤出根小毛毛的那点肉疙瘩
撮起来，硬实起来，且脸上马上没了
任何叫作人类表情的肌肉抽搐
于是我还是关门落锁，狗都不见
何况人乎。虽说我憎恨人类
却并不会憎恨任何具体的人
我观察他们杂乱而有趣的活动
始终研究不明白他们和狗
和鸟，和树，甚至和草的本质区别
并从荷马那里取得了印证
他说，世代如落叶，我们也是如此

我看见

整天，我坐在南窗前看书
光线明亮的时间很短
我必须善加利用
我的眼神已日渐昏暗
我时而从沉浸中抬起头
望向对面楼房的窗户
每个窗口里都有我不了解的生活
有人走动或忙什么事情时
窗口里的光线就会改变

有时外面响起人的说话声
口音说不出来自什么地方
说的内容我也似懂非懂
它们表明世界存在着
我上课和去食堂必须出入的小区门口
不时有不同颜色的车
和不同衣服的人经过
我以为是同一个人
回家换了衣服又从反方向走过去了

两个年长的女人推着空轮椅
慢慢走进来，消失了
一个年轻的男人推着轮椅
走进来，上面坐着一个老年男人
他们拐了一个弯，也消失了
一个中年男人走进来
拄着双拐，他的模样很像我的二哥
这让我有些吃惊，他不时停下
擦擦脑门，向身后望一眼
他身后什么都没有
一个黄衣服的女孩站在门口
在操作手机，她的银色拉杆箱
慢慢向路崖滑动了一段距离
停下来了，她也消失了

这是早春，天气阴暗而寒冷
窗口的梧桐树上只有稀疏的
去年的叶子和褐色球果
等到新叶越来越多
我就看不到小区大门了
我能看透的只是这一段距离
它到大门对面的食堂为止
我无法透过食堂看见它后面的东西

但我知道它后面是宾馆
时间广场和学术交流中心
看不透是看透的保障
否则我就什么都看不见了

蓦地，从渐渐暗淡的天光中
升起一声年轻女人的叫喊：
"你总让我自己管自己
我怎么会有安全感
一个女人最后要的并不多！"
声音带着哭腔，仿佛世界上
所有的苦难都压缩于其中
随后是一个男声含混的咆哮
随后一切都静止了
屋顶上掠过从南方传来的
火车微弱的呜咽
我能看见什么呢，就在我周围
事物保持着它们的神秘

2018年3月2日

总感觉自己不属于人类

久不出门，冷不丁见到人还吓一跳
总感觉自己不属于人类
而是从冬眠中被提前唤醒的黑瞎子
眼睛也不知往哪里看了，人话也不懂了
也不知该做出什么表情才算正确
只见满大街都是落叶和人
这还得了，还反了天啦呢
可据说黑瞎子只喜欢掏蜂蜜吃
把蜂窝掰开，嘎巴嘎巴嚼
顺便把来不及或舍不得跑的蜜蜂
也吃下去一些，仗着毛厚
子弹都打不透，不对
子弹打不透是说人的脸皮厚吧
这黑瞎子，咋老瞎掰呢
据说一般黑瞎子不会吃人的
小时候在伊春，当狱长的爸爸说
黑瞎子大白天从北山上下来
穿过城市去南山，摔棺材吃
还说有个人去采黄蘑，都有脸盆那么大
他采啊采，一抬头，哟，一个熊哥哥
正坐蘑菇堆里吃呢，这熊用大底座

往人脸上一坐，坐够了再用舌头一舔
那舌头带刺，呲啦，人脸就没了
爸还说，秋收夜里他们在屋里吃饭
忽听院里萝卜堆上咔吧咔吧响
一个黑乎乎的东西坐在萝卜堆上
大家别动，年轻的老爸操起步枪
咻咻两枪，忽通，没动静不咔吧了
过一会出去一看，一个黑瞎子
撂萝卜堆后头了，我一直觉得
老爸挺狠的，黑瞎子多可爱啊
可爱，哼哼，大巴掌一抡
可爱的就是你喽，保准小脸瘪瘪
于是乎，我到处蜇摸一圈
发现世界依然故我，没我啥事儿
精彩的继续精彩，无奈的还是无奈
我磨磨蹭蹭回到自己的树洞
舔自己血糊连拉的手掌，养活自己
然后等着啄木鸟再来把我唤醒
再醒来，就该是永远的春天了

冬天的哈气

哈气的版图随着太阳升起
慢慢缩小，那是往黑猫头上撒盐
是生活的呼吸和世界的寂静
隔着玻璃交战的结果
我用手指在哈气上乱画
有时是一张带小辫的笑着的鬼脸
有时是一些偶然的字句
比如，某某，我不和你玩儿了
比如，某某某，你家着火了
还有一些笔画简单的骂人话
透过哈气，院子里一片朦胧
没有邪恶的黑羊一动不动盯着屋里
幽暗的煤棚前也没有翅膀累赘的天使
仓房的油毡纸和柴垛上白茫茫的
大门上方的横杠也是白茫茫的
要用两手吊在上面悠荡着玩
还得等待太阳继续升高
超出胡同口的电线杆子
让所有铁皮屋顶的颜色变轻
县城灰蒙蒙，炊烟向上摇摆游动
像要升上水面换气的泥鳅

不久就混同于深秋弥散的光和碎云

太阳像烤得很不均匀的烧饼

下边红上边黄，黄中透亮，越来越小

外屋勺子叮当，锅盖缝里蒸汽呲呲响

母亲和姐姐裹着蒸汽的说话声

透过芳香的黄泥玉米秆墙壁

隐约透露着成人世界的奥秘

那个世界有多么辛酸，我还一无所知

蒸汽熏软了天花板上糊的报纸

我还在窗上画着，用自己的哈气

显影出灰尘的笔迹，看哈气凝成

细小的蚯蚓蜿蜒而下

我的杰作都已破烂不堪

第二辑

一个人的游戏

平静是心灵的智慧

就这么一天天地过吧
平静是心灵的智慧
但更可能是来自迟钝
突然的光让蛾子吃惊
让它的眼睛蒙上黑漆
那个不懂事的孩子犯下的错误
却要一个老人来独自承受

不要再企望晚年的从容
那只是死期临近时的麻木
但又没有动物那种不知命的宁静
连阿喀琉斯的愤怒都不能改变些什么
美还会重新诞生
尽管是在脆弱的卵中
尽管没有另一个特洛伊

不要以为有人会真正地关心你
你一生编织的不过是游丝
从一个孤独的海岬
到另一个孤独的海岬

它们慢慢都会失效
你还是孤身一人

有人耐心地等着你死，就已属幸运
就这么一天天地过吧
你身后的港口都在渐次沉没
你说话无人听见
听见也是徒劳
就这样，你生命的小船终会靠岸

一个人的游戏

有时，他觉得自己这一生毫无意义
他在词语中穿行，没有创造出任何
实实在在的东西，只写下了一些
没人在意的文字，它们至多
是一个人暗夜中的自言自语
就像一个孩子深夜走过坟场
为壮胆而装作满不在乎地吹着口哨
他不知道为什么要穿过坟地
也不知道要去往哪里，另一个村庄
也许早已空无一人，只有窗洞里
被不知来处的风吹响的窗户纸
他似乎从来没有见过阳光
天空寒冷空旷，没有任何许诺
他独自在世上，如同孤儿
他独自发明了一些游戏
组合一些词语，借以忘记这个世界
他和任何人及事都没有必然的关联
他只想继续留在黑暗中
不为任何人发现

世界之胃怎么也消化不了
的一块脆骨

在五十三岁的夜晚，回想他这一生
是多么勉强，他活着就是勉强
整个世界的敌意堆积在他的门口
如同冰山要挤进一个脆弱的身体
他出生时没有时辰，他是世界
怎么也消化不了的一块脆骨
五岁时无心的开山斧贯穿了头盖
一股凉气嘶嘶直冒，他还觉得好玩
一点不疼，夜里母亲发觉床边的孩子
听不到呼吸，以为已经死了
结果他睡得很香，脑瓜顶的洞
好几年一喘气就呼哒呼哒
青春期受难的幻觉始终没有放过他
他和任何人都格格不入
也没有任何人真正喜欢过他
他们喜欢的只是符合他们需要的他
而不是他本身，或许他就没有本身
三十八岁的无妄之灾让他
多年噩梦缠身，醒来不知是在
人间还是地狱，是战士的血液

第二辑 一个人的游戏

让他伤痕累累也不下火线

但这并不是勇敢，而是习惯

他能活下来全凭一种好奇心

想看看命运到底要怎么拨弄这个

因为笨拙天真而格外倔强的家伙

他常觉得一切都是如此勉强

世界要粉碎他，他却要勉强活着

他做什么事情都很勉强

必须付出十倍的辛苦才能获取

一点点别人早就不在乎的东西

才能稍有喘息的机会

他和各种恶势力搏斗只是为了自卫

置身于任何人群他都觉得十分勉强

他那些记录命运暴行的诗歌

和任何人放在一起都显得勉强

他勉强活到了五十三岁

但凡还有一线生机，他还会

继续勉强地活下去，活到死

活到让别人和自己都厌烦得要死

在他写下这些文字时

他常常觉得苦涩无比的生活
正是别人所羡慕的远方
他知道，在他写下这些文字时
有人正在死去，或即将死去
他无处可去的此地和今生
正有人千里迢迢兼程而来
随着他的每一次呼吸
都有一个星球永远消失

这些并没有减轻他的痛苦
他知道曾有一个女人
满怀心酸地爱过他
听到别的母亲的不幸
便赶紧回家把他紧紧搂在怀里摇晃
生怕他死了，他就闭着眼睛装死
让幸福像波浪一样满眼金星
他知道有人还在爱着他的无名
而他永生的痛苦
却不会因此减却分毫

熔炉中的银子渣滓去尽

今天将成为你永远回不去的昨天
今天的苦与乐你都不能再去经历
苦或者会过去，或者会更加恶化
苦过去了，你今天的烦恼忧惧
便毫无意义，苦变得更苦了
今天的苦就可谓幸福了，所以
无论阴晴，今天都是祝福
都是奇迹，宇宙还在，你还在
这就是不变的誓约，你要学会
让每一天的光影变迁为你文身
万事有尽时，你总会把今天过成昨天
把今生过成前生，再苦的日子
也都是恩赐，是熔炉中的银子
渣滓去尽时就会映出你的面容
你终究会把日子一个个过完
完了，也就完了，你到站了
那是你一个人的车站，一片寂静
只有一盏风灯在夜色中摇晃

初冬上午的阳光

阳光像对着新生儿或新娘一样微笑
宁静而令人气恼，在昨夜的黑暗
和寒冷之后，仿佛那黑海白浪
只是个无害的恶作剧，我的龙骨
还在单调而稳定地嗡鸣，犁过涡流

这冬日上午的阳光，透过窗帘
投影出去年窗上红色的圆形福字
随着阳光，针一般偶尔透进来
一声鸟鸣。醒来，上午已经过去
你如临深谷

阳光不久就会移向别的窗口
你继续在自己体温制造的空间
停留。阳光外依然是光秃的万物
这金黄的宁静只是一个巨大的拱门
这随时可能收回的许诺，时明时暗

可屋里依然多了一件模糊的东西
像童年的游戏，两只握着伸向你的手
你只能掰开一只，或是什么都没有
或是一颗温暖的糖果
一个捏得太久而字迹模糊的纸条

柿子熟了

连续不断的秋雨之后
柿子由青变黄，静止在枝头
鼓胀的皮口袋装满了糖浆
随着天气变冷
而悄悄发出结晶的声音

它们还是绿色小纽扣的时候
我就从下面路过
仰头在茂密的枝叶间把它们辨认
它们发出叶子一样苦涩的气息

它们去过我们抵达不了的星系
我低头避开垂下来的树枝
我知道它们还会垂得更低

那最高的一只将始终留在那里
接受天空和寒霜的检阅

恐怖小说

连这么简单的生活你都应付不了
越来越多地是责任催你起身
而不是爱，树叶反复地落下
连同叶子背面的密码
它们从一棵透明的巨树上凋落
从伊甸园一直落到现在
堆积在地下车库的入口

你但凡能不说话就不说话
能不出门就不出门
你谁都不见，你想忘记人类的语言
你只在深夜里下楼倒垃圾
仰望着微弱的星星
听见天空结冰的脚步声

这人生居然是真的
还有什么比这个更可怕的呢
你在寒冷的空房子里
不分昼夜地拉着窗帘
夜复一夜就着昏暗的灯光
读恐怖小说，你就要消失了
当故事结束
门环再一次无声地转动

冬天的一只苍蝇

一只苍蝇绞搓着自己细细的手
绞着，搓着，像一个绅士
走来走去，似乎有什么麻烦事
正是寒冬，他从躲避的缝隙里出来
在窗台的阳光中散散步，暖暖身子
他如何度过年关，能幸存到现在
他一定经历过非人的折磨
就像"二战"中从波兰的冰天雪地
逃出来的一个大学教师
他一个人，冬天的食物匮乏
人类的残渣都是又凉又硬
刚到中年，他就成了个老人
他的家人和朋友都没有活下来
他要一个人度过严冬
我看着他转来转去，忧心忡忡
但在这困境中，他依然保持着绅士风度
我放下本已悄悄在他身后举起的本子
他已经够难的了，就让他活着吧

不过是词语

它们是灯的开关，照亮事物的幽暗
或者是事物枯萎的顶端和把柄
在欲望发酵的面团和事实的干面包之间
它们是炉膛里斜成一排的火焰
在面团表面雕刻峰峦、山口和裂谷
一些词语驯服如抚摸下猛兽的毛皮
斑斓颤抖的宁静，一些则不期而至
一个爆炸整体的碎片
难以拼合起最初的原因和明晃晃的力量
皮格马利翁和弥达斯的手指
也不能使它们变软或变硬
它们带来的是整个存在的奥秘声息
某种我们不曾经历的生活
即便那里的人也难逃一死
譬如当我安排这些词语的时候
窗外的桂花树又长高了许多，譬如
某个早已结束的学期的学生的请假条
不知怎么被我留了下来，上面写道：
"组织上有重要事情。"
而作为一个被排干的结构，它总会
在潮湿尚存的沟渠底上
显露出一只蜗牛的缓慢的自信

春夜山边散步

你在荒野里撒尿，拍手
你感觉荒野在倾听，你又拍手
小溪中的草虾和湖中的蝌蚪在听
水里的灯和影子在听
还有石头和树丛后转过去的黑影

新芽未发的暗绿的茶树
和看不见的坟墓的气息
紫金山顶青白色的光焰彻夜不息
仿佛有空荡的夜市在无声地持续

麦当劳的服务生在和最后一个客人说话
一条路和另一条路在黑暗中辩论
寂静的路口，一个满脸漆黑的人
向我索要我剩余的黑暗
正如我们爱上一些早已消逝的东西
为了活下去
而这春夜的腐朽如此盛大

一天将尽时的祈祷

夜深人静，星轴旋转，我还活着
世界每晚都毁灭一次
只是我们佯装不知
我们从死者那里汲取的阴凉
像族徽，像轻吻，按在滚烫的额头

如果大地还在向高处上升
如果脚印中又充满新的生命
沙滩把大海深处的黑暗拖出，晾晒
如果燕子还在为废墟的眉毛带来雨水
你就可以无名地活下去
你就可以提前成为
那个永恒陪审团的一员

深沉的幸福啊，你如火焰冒出颅顶
你如烟灰在空中建起一座斜塔
那满脸都是一副死棋的人
奔驰的雨水，岁月的纪年
暴君黑色的硬领，都不能把你摧毁
因为你啊，是在语言的鲸腹中仰望苍穹

割草机的下午

割草机从屋前响到屋后
它似乎把我这座楼也当成了半枯的草
它的嗡鸣渐渐地无处不在了
要把我这根人类的小草割掉

草被无数次割下来，在草地中央
堆得越来越高，流着白色的血
像人类的历史，草的片段的真理
逐渐发黄，在不为人知的时刻消失

新鲜的刈痕将众多透明的新月
叠加起来，生长出一个巴别塔
它放过了灌木丛边一小片红花酢酱草
割伤的阳光像一只迟缓的蟾蜍

艰难地醒过来，拖着断腿挪向战场边缘
棕黄色的身体粘上了草屑和星星
割草人暂时停下来，若有所思
似乎已经厌倦了人类的信任

他嫩黄色的工作夹克在稀疏的草地上
像裸灯亮了片刻，割草机又颤抖着发动
似乎还伴随着不易觉察的叹息
草坪变得越来越大，像是一种责任

只剩草茬的草坪露出土壤
露出草籽和无名小动物的洞穴
来自另一片草坪的斑鸠优雅地漫步
在干涸的真理的池塘中寻找活物

阁楼的乌托邦

如果有一个阁楼，它倾斜的天花板
可以画上蓝色的星空的旋涡
画上背着麻袋的金发天使
飞马，独角兽，轮流使用一只眼睛的
复仇三女神，奥德修斯的小船
带翅膀的金凉鞋，驴耳，水井
仅有的一扇小窗户镶上彩色玻璃
转圈爬上藤蔓，一直爬上屋脊
让一天不同的光线施展魔法
让树影晃动万花筒的彩色纸屑
你可以从窗户出入，到坡屋顶
把黑色的树枝拉低，尝到星星的酸
空空的墙壁挂上漂流木凿成的
十字架，红色木地板上打蜡
光滑得站不住脚，让光线也滑倒
一些旧书，一些开花的多肉植物
沿墙摆放，倦了，把书往后一抛
就在地板上躺倒，有大蚂蚱飞进来
沙沙地摩擦大腿，你有时祷告
有时发呆，有时写首歪诗
像我现在这样，没有任何尘世的目的

一天工作结束后的沉思

我嫉妒这些事物

这座小小的阳台

仿佛是房屋拉出来的一个大抽屉

此刻我就坐在里面

像一个顽童暂时忘记的玩具锡兵

他曾在阿尔卑斯山，在罗马，在恒河边

将我送上前线，未经训练，没有铠甲

我嫉妒这些有人爱着的事物

这些书会比我长久

尽管已经很久没有被翻开

而我的工作，是在它们的赫赫威仪中

徒劳而谦卑地贡献一种

全部由辅音组成的语言

我嫉妒所有我不存在时

存在的事物

甚至这黑暗，这路途

这小小的呼吸的空间

周围的一株桂花和三棵梧桐

这身体周围的寂静

甚至我所使用过的这个名字

北国之春的回忆

北方的春天缓慢而艰难
像是慢动作，每个细节都格外清晰
一点草芽都让人欣喜
树枝变得柔软，不容易折断了
大风过后，我们在郊外游荡
田野的色彩在加深，闪着光
山坡上光秃秃的，雪变成了阴影
风吹透衣服，在山坡上躺一会儿
大地轻轻的颤动一直穿过肋骨
随便揭开一个土块，就能发现
齐刷刷白色的草根细密如发丝
那是白桦般无辜的日子，散漫而忧郁
你以为永远会留在这座城里
在斯拉夫黄色的老房子里
伴着黑胶唱片、铜烛台、绿窗格
老照片朦胧难解的目光
喝酒到深夜，有时我们什么都不说
只是听着外面的黑暗
仿佛在期待什么事情发生
而始终没有任何事情发生
你一个人慢慢走回家去
在寂静无人的街角，一棵紫丁香
发出微弱而固执的香气
像那些早已不在人世的朋友

日光下的徒劳与悲伤

拯救这些事物就是拯救你自己

这些卑微之物在你周围

构成一道抵挡海潮的防波堤

就像废弃的轮胎一排排拴在斜坡上

小时候挖野菜的镰刀头锈蚀在草丛

你初中时在学校楼梯上

瞬间爱上的两个比你成熟的女生

（那混合着纯真的邪恶与诱惑）

生活带给你一些礼物

只为了最后连本带利地收回

你的亲人和朋友一个个消失

你的身体一天天粘上本不属于你的东西

当你的肉体消亡，你用过的东西

你的照片和书，你所有的痕迹

都会从活人的世界一一清除

仿佛死亡污染了你，如同发绿的面团

你的吻如同一座沉重的雕像崩溃破碎

你用文字打捞的细节聚集在棕榈树根下

你以为它们能在另一个空间中复活

像普鲁斯特那样释放无形的颤动

你越来越怀疑这自欺欺人的游戏

如果没有一个永恒的大记忆
收留与你有关的一切
用光明将散乱的书页装订
你的一生只是日光下的徒劳
是一句没有说出的谎言
徘徊在大理石僵硬的唇边

窗与树

在某种光线下，某个时刻和角度
窗外的几棵梧桐会转化为风景
它既真实又虚幻，似乎已超脱生死
叶子闪烁的植物学特征
被风摇撼的样子，树顶的云与光
也许并没有改变我与它之间的关系
但只要被窗框框住，它便不同于
我站在下面或是从下面走过的时候
它从公共背景上被截取下来
只为我一个人存在，尽管是暂时的
它由几种极少的要素组成
绿叶，枝干，阴影的层次
动与静，某种难以觉察的还原作用
使它成了比土地和季节更为原始的东西
它并不是人类叙述的余兴
不是失去了解码器的伪装的象征体系
没有从树根长出来的十字架
也没有凤凰，黄昏和细雨
也只是逐渐消退的细节

它们也不依靠与白杨的区别

成为我对北方乡愁的隐喻

一种简单的乐趣从这个暂时的空间

蒸馏出来，它也许和爱一样

是人类所能分享的少数情感之一

它为我所见，带给我的优越感

近乎一个重组过的议会和政党

但别人怎么看见它们

我无法得知，于是我起身离开

将一把空椅子留在窗下

作为这幅风景得以存在的保证

入夜时的惊恐

钥匙哗啦一响，这间牢狱的门打开了
一个分不清脑袋和身子的怪物
高大的黑影静静站在门口
巨大的黄铜钥匙下垂着，轻轻摇晃
一支美的行刑队紧随其后
时间到了，再也无法拖延
他们终于找到了你
没有人的语言，只有最初的开门声
继续向空间深处推出一连串缩小的拱门
四周静得仿佛只有你这一间牢房
你翟然而醒，没有人，黑暗已经降临
几何形的光在地板上形成寂静的废墟

后　宫

照镜子时要装作两个人一起照

穿白纸做的僵硬的衣服

把手放在身体脆弱的部分

要对那看不见的人微笑

并长时间保持那无目的的微笑

如果照着照着，身后真的出现了一个人

和你一起照镜子，长得和你一模一样

便假装只有你一个人在照镜子

然后回到窗边的铁椅上

继续对着窗外微笑

即便外面什么也没有

并且小声说，外面有潮湿草地的香味

潮湿肉体的脆弱部分的香味

看不见的证人靴子的香味

海和木船的香味，奴隶和干草的香味

然后装出生气的样子

做了错事的样子

读诗时偷换了一些形容词和隐喻的样子

无须过渡就从一个姿势变到另一个姿势

装作外面的城市依然存在和蔓延

包括阴影，装作废墟中的雕像在变大

不断地倒向地平线又永远停在空中

装作你已经无话可说

然后回到闪亮的铁床上躺下

等着一个雌雄同体的神

从高不可及的小窗户里飞进来

等着血流回镜子里边

像自行车架上的野花

装作你只是睡着了

梦见自己在一个废墟改建的剧院里

很多人打着雨伞来看戏

你是唯一的演员

你的任务就是微笑，睡觉，照镜子

在一个烟囱样的小房子里

倾听周围阴险的寂静

深夜听到蟋蟀

时当盛夏，寂静的深夜里
突然听到一阵蟋蟀清晰的鸣叫
它让我暗自心惊，这提前出现的征兆
似乎携带着某种不祥的信息
而信使同时也是和我平等的收信人

我停下与词语的角力，侧耳倾听
声音越来越响，从窗外靠近
毫无顾忌，仿佛一个看不见的人
在深夜里磨刀，狠狠地，一下，一下
刀很钝，生满仇恨的锈

这绝不是济慈的那只接替蝈蝈
歌唱的蟋蟀，万物都在分担
人类永恒乡愁的时代早已逝去
地平线的半圆形堤坝排干了波浪
这只蟋蟀正爬进我白发的乱草堆中

每个事物都同时是其他事物的起因和结果
都必须死去，为了让其他事物活着
没有救援，只有这黑蟋蟀的消防车
越来越大，踉跄奔向看不见的火灾
它撞击出的火花照亮了街角
夜晚寂静得像一个即将做出决定的人

深夜走过巷口

深夜走过废弃矿井般的巷口
巷子又深又黑，冒出模糊的白气
大街上行人稀少，彼此隔得远远的
低着头，仿佛背负着无形的重担
唯有我无所事事，空着手
像一个失忆者，不知道从哪个
树梢上降落，或者从一个独幢老房子
改成的电影院后门溜出来
努力从泥沼般的前苏联电影的情节中
拔出身子，经过一排排巨人般的立柱
经过一个个情景剧的窗口
我漫无目的，也不想回到无人的家
口袋里的硬币互相摩擦
温暖而锋利，一天又已经过去
既无欢乐，也无痛苦
就在这时，巷口亮起一盏红灯
像是黑山老妖睁开了眼睛
灯下无人，巷子里的黑暗蜷缩起来
一阵细小的声音试探着响起

原来是火蝈蝈，在一串悬挂的
麦秆笼子里鸣叫，恍惚间
它们在泛黄的麦地和群山间歌唱
那就是我童年卷在裤腿里带回家的蝈蝈
当我小心地放下裤脚
它们的大腿已经掉落，笨拙地拖着肚子
只剩前爪，愤怒而可怕地闪出火光

远　雷

时间应该是下午，初秋的草地
你躺在斜坡上，帽子盖住了脸
你读的浪漫小说被抛在一边
杯子里的水还剩下一半
一盒蓝莓还没吃完，还没有变软
你的狗微微抬起头，先于你
听到了远天隐隐的雷声
你浑然不觉，灌木的绿色在加深
你如此深怀信心
草根间的昆虫依然在摩擦翅膀
远处看不见的村庄和乡村教堂
依然安静地存在着
雷声更像是一种保证，一切都存在着
酒不会变酸，季节的轮回遵守着
永恒的约言，你就停在这个下午
远天的轻雷像温柔的巨人踱着步子

一切都是最好的安排

一切都是最好的安排
是啊，洪水和巴别塔
转基因，奥斯维辛和古拉格
我知道她说的是一个人具体的命运
他在场时如同空气，默然不语
低头望着毛豆委屈的绿眼睛

马家街的深夜，烧烤摊
没话找话的感觉像脸上抹不去的斑点
一个从团干部堆里爬出来的人戴上帽子
继续指点江山，也指点我的人生

我望着彩色雨棚垂下的密集的
雨帘，雨声忽高忽低
像是天空在和低处的事物艰难地切磋

自杀是背在身后的一朵花
递给别人就是一把刀
不知怎么，这个念头从对面跳出来
像一个拈花微笑的刽子手

我的啤酒杯上出现一只
绿色的小蚂蚱，像攀登火山一样
缓慢地爬到杯缘，头朝下
贴在内壁上，似乎是渴了
我把它捏出来放在塑料桌布上

一切确实都是最好的安排

孤独的遗传

我在翻译一首史蒂文斯论混乱的诗
我一边工作，一边注意着马原
他在厨房里独自吃完了火锅面
没有收拾餐具，然后站起身
犹豫了一下，在玻璃后面显得异常高大
分明是年轻时的我，他站了片刻
走去烧了一壶水，未等水烧开
他的消失便使卧室多出了一间
分明是多年后他独自吃午餐
烧一壶水并等它凉下来
当他想起水终于凉下来了，发现
屋子里只有他一个人，还有整个夏天

从头革命

革命必须从头开始，花岗岩的脑袋
装的都是年深日久结晶的各种观念
它们不断地从活泼的水中耸出
高高堆叠，形成坚硬但不坚实的冰山
慢慢地，海水越来越少越来越咸
沉船却越来越多，在海底
散落锈蚀的舵轮，珠宝和船板
海面上只有头顶铁盔的破冰船艰难地
像最后的战士，走向没有地平线的莽原
和太阳那同样停滞的太平轮
于是，我从头开始对自己革命
但不是割掉脑袋提在手里到处游行
如同大卫提着歌利亚的头颅
犹滴提着荷罗浮尼的硕大头颅
而是割了忧国忧民的满头白发
让断茬散发出比韭菜还要浓烈的气息
因为既不能包饺子，又不能重生出绿色
因为走遍大地也找不到我尚未降临的国
因为满眼都是面无表情的陌生人
而不见我的人民，我的抽象的邻居
于是我红了眼继续革命，嗓子冒烟

如同高大废弃的红砖烟囱

真是上火啊，我越疼越深，越深越疼

仿佛有人在我的喉咙深处整夜跳钢管舞

仿佛所有死者的骨灰重新从天空

落回到烟囱里，在我胸膛的壁炉中

越积越厚，将我隔夜火炭般微弱的心

活活埋葬，然后像一个黑色的复仇天使

一飞冲天，拖着从我脊椎里抽出的嘎吱作响的链锯

飞向永恒天空的沉默和无人的故乡

哈尔滨诗人都来了吗[①]

老毛头死了全体人民都掉金豆了吗
用太阳的金盘子和月亮的银盘子
接住了吗，不然掉到土里
就和人参果一样削尖脑袋往下钻
钻进地层深处，恳求被小矮人和巨龙收留

那些顶盔贯甲的小人挥舞比脑袋还大的榔头
东一下西一下，呀呀怪叫，叮叮咣咣
也不知在给什么伟人盖棺定论

等我死了，请你们坚决彻底地把我遗忘
我可不想活在你们用洗衣粉
漂白的豆腐脑里，被你们龇牙露齿的臭嘴
把我的骨头渣子咀嚼来咀嚼去

让红色康拜因收割大片的头颅
把土地刮薄三到四寸，充实国库
人生同样不是请客吃饭
谁想活，你就喂他点东西
谁想死，你就送他一程，皆大欢喜

①注：为陈丹妮诗文集《远山有雪》顺利出版而作。

据说，每一次重大的历史灾难
莫不由同样重大的历史的进步来补偿
也就是说，进步需要付出代价
无论是什么样的代价，哪怕是人命
人权，人民，人道，人性与人味
哪怕民族，国家，世界，银河系
河外星系，乃至宇宙和上帝

写诗的人越来越多，诗人越来越少
教授越来越多，而教师越来越少
商品越来越多，而物品越来越少
纸币越来越多，纸越来越少，都是废纸

词语越来越多，意义越来越少
话语的意思越来越多
说话的人却越来越没意思
酒越喝越多，喝再多也醒不过来

还是躲开人群吧，像丹妮大姐那样
自愿落在现代的滚滚车轮后面
躲在灌木丛里看白云变幻
再把一泡长长的野尿
成抛物线呲向那些
用纸尿布擦得皱巴巴的
越缩越小的鬼脸

早春三月的深夜
——与尚田

夜色与春水从紫金山南麓漫坡而下
大街上偶尔只有几乎无声的车辆驶过
我拎着惠特曼沉重的《灵魂的时刻》
和一瓶早已停产的家乡美酒
整整十年过去，你北上京城也已八年

一切都变了，又似乎都没有变
白发和夜色掩盖不住的憔悴
两只巨蟹举螯相碰
它们将连续越过辽阔的星空

同里古镇，两把菜刀的周游
常州淹城，满鞋窠里雨水的蛙鸣
油菜花的黄金藏于乡野和深山
灵谷寺的月亮和萤火
那以后我再也没有去看过

这终归不是我们的故乡
可在大地上何处又是故乡
傣妹火锅里只有我们两个客人

灯光明亮而空寂，午夜已过
让我对店家的辛劳时感不安

再干一杯兄弟，那些话题散落的灯火
是深夜里越来越深的一种寂静
关乎信仰，像早春的轻寒袭上肩头
十年前我来到此地，正是你现在的年纪

一切都没有变，大地轻轻转侧
目送出租车的尾灯闪烁红光而去
清风吹着我发烫的额头
在空旷无人的街头我久久伫立
把星空中光秃的梧桐树顶望得越来越高

2018年3月11日

午夜的昏迷

午夜，你把书砌进身体

你不停地找出一些

被你使用过的书的身体

塞进你空洞的身体

它们带着可疑的气息、灰尘

它们本是由其他身体的部件组成

它们互相牵连，于是你不停地

更换，塞入，掏出

你想找到那本唯一的书

它是你失踪了几个世纪的身体

你砌了拆，拆了砌

终于，你的身体如巴别塔一样倒塌了

地板上一堆五颜六色的尸体

你的脑袋的气球飘向屋顶的彩绘天堂

没有竖琴随之一同漂流

你的亲人睡在午夜变小的房间

短暂的昏迷后你在地板上醒来

不知道自己发生了什么

好像一本没有书名没有作者的书

逐行重译阿什贝利诗有感

等待使时间民主化，你刚刚这么说
便有一匹白马跑过去了，反复地跑过去
像一个信使从前门径直穿过各个房间
从后门出去，我就这样等待了二十七年
最初是你凸面镜里变形的房间酿造的变形之蜜
和那既是邀请又是拒绝的手势
向我展开一个不停波动的瞬间
一个存在的裂缝，海洋里水的循环
一条自噬蛇在运动中成形的指环
中间是充盈力量的虚空
这面别人的镜子照见自己的同时
也让留在镜中深处的所有落叶层叠的影像
如瓶中魔向无限透明的表面上浮
渴望你面孔的光，象征的结石
它们只有暂时停住，才能聚焦
形成某种意义，又被另一次
匆忙回顾的随机性的洪流迅速裹走
这更像一个人挣扎着但依然无法
从中醒过来的梦，也许他并不想真的醒来
发现自己出现在一个无人的街区
置身于末班公交车刚刚开走的寂静

在蒸汽之中尾灯闪烁着模糊下去

这没有风景的气候，是一个无名之物

移动，隐现，擦掉一些，又从乌有之乡

增添些什么，信使和信息原本为一

如何领受这莫比乌斯带无限的回报

你亲身经历的事你却一无所知

而诗是对此痛苦的理解，同时也是遗忘

无论回报是一支芦笛，还是身首分离

都将进入一个蒸馏出的空间

像蜜蜂住在太阳的巢里

而这些，对我是否足够

装作什么都没有发生，继续歌唱

这也许是野蛮人在罗马的劫掠中

划定的安全区，几座分散在山冈的神庙

让我们狠下心继续

把象征告诉别人，把谜显示给自己

2018年1月4日

表面的雪

无疑，天空喜欢低处的事物
那迷人的安全性。这场雪
使屋子里更暗了，窗户
似乎向墙外移动了一段距离
雪光映进来，你的指节僵硬
你完全可以离开那把嶙峋的椅子
它是一位老朋友的骨架
从后面拥抱着你，向你吹气
活着是一个寒冷的球形门把手
你知道下雪的寂静
不同于之前天地静止的预感
也不同于之后盲目的呼喊
像是压缩在泡沫小球中的白噪音
一个人便在那小球的池塘中跋涉
试图把事情探到底。可是要如何领受
一场表面的雪的馈赠
如何从一把蓬松的碎片中提取
浓缩的铀，一场雪已经落下
它还将反复落下，以别的名义
将天堂崩散的基础和中楣
收集在一个针脚粗糙的口袋里

它所需要的挽歌沉于自身的幽暗
废弃的矿井，溪谷，防空洞改建的
图书馆那无人光顾的藏书室，回荡着无人的叹息
无数不再编目上架的过期书刊僵卧着
可又能如何，即便这场雪是装了消音器的唱诗班
即便武断的指挥翻乱了总谱
以至于潮湿的雪块从电线上噗噗落在
过路人的伞顶，让那红伞微微倾斜
还有塔松上的雪和树下一阵阵的阴暗
旧目录的气息，阅读的火，路上的煤
在放慢速度的透明旋涡中，一片雪花
涌向你的鼻尖，这苍白的灵魂悄悄对你说话：
"我只会被看见一次，这是事物的本质
我从宇宙深处的一场暴乱中逃出，向你报告
那信息已经丢失在漫漫长途
或许我们最好是把它遗忘
遗忘是最后的智慧，可是
继续歌唱吧，既然你无法忍受
用类似的名字去称呼别的事物。"
它这样说着，轻轻转身，又回到
那永恒而短暂的队列，旋即消失
沿着一个不断上升和下降的玻璃活塞
也许，这就是你的困难所在
从一个迅疾、连续而抽象的行动上面
撕下一个已经暗淡的标签，一个快照

把它挂在颤抖的地平线上显影
一个夸张空洞的姿态
不再指向任何一个地方，或者
指向一个已经改变的地方
这是否就是那群众般混乱的周围
所预期的那个确定的瞬间
湖边的柳枝放入水中时扩散的涟漪
所有超出于此的欲求
只是一匹在黑暗中冒汗的马
不停地左右倒换着无形的重量
或者是在一场政治谋杀后进入无人的元老院
目睹阳光大理石上尘埃的骚动
独裁者和刺客都已不在现场
啊，原来你也在其中！他的惊叹
是一片雪花从临终者的口中呼出
啊，无限悲悯的挽歌终于得以确立
事物内部的岩浆闪烁着冷却
凝固成无人理解的结局
无论好坏，雪还在下
一场表面的雪落在万物的表面上
这场南方的雪不会停留太久
却让一个人的消失暂时停了片刻

2018年1月4日

傍晚，事物的善意让人吃惊

傍晚，事物的善意让人吃惊
你试图去理解，可它们总是后退
并且冒着热气，重新组装起来
这期间发生了什么，你永远不会知道
事物固执地坚持着它们的表面性
一个光滑的盖子，一篮子焦急的鸡蛋
它会被嫉妒的孩子揭开吗
像小时候农村亲戚堂屋里的锅盖
里边是神的食物，金黄的小圆饼
或者是茨维塔耶娃的诗，不过
她随身携带的藏诗稿的锅
你却无法想象它的样子和人类的无情
它也有盖子吗？人造光线下的面孔
斜挂在蒸汽上的风筝，微微点着头
这是个普通的傍晚
却显然有一种背叛的可疑气味
一个过渡地带，类似于过境转机
赞美和祈祷都并非易事
天气已成定局，连同所有无以回报的痛苦
不会有人喊到你略带口音的名字，催促你

因为航班已经取消，人群如水银般消散
你滞留在瞬间空荡寒冷的机场
试图理解自己的处境和空白的本质
一个年轻的创造者已经出现，他的美不会受到警告
在漫长的接引桥，拖曳他无形的群众

2018年1月5日

第三辑

对面的房间

记 梦

1.暴雨夜梦见父母双亲

高大的山门，白色的玉雕
年代久远，已有些破损
山路上青石的台阶和残枝败叶
似乎刚刚经历过一场地震
山门后面的高处，远远的
我的父母端坐于宽大石座上
我一步一叩，满心欢喜
顾不得碎石和双膝疼痛
急切地想投身于那宝座之前
承欢膝下，像终于归家的浪子
父亲始终端坐，面容清癯严肃
路程已过半，我那美貌的母亲
婉转离开座位，轻灵地奔下山路
托住我的手肘，把我抢在怀里
我发烫流血的额头紧靠在她的臂弯
羞愧得不敢抬头仰望慈颜
就那样静静地跪在溜滑的台阶上
仿佛黑王子和他早已心软的母亲

在等待父亲说话，等待宽恕

雨水掩藏起泪水，母亲侧首望向父亲

父亲始终没有发话，高坐山顶

被云气环绕，面容时而清晰时而模糊

母亲扶抱着我，也始终没有说话

她树叶般清新而略带苦涩的呼吸

让我知道他们还不及我现在的年纪

2015年7月25日

2.入夜时梦见空无一人的家

海边上的废墟里点着孤零零的灯

你在那里等我回家去取煤油

一路上，退潮的海滩上都是水坑

游动着星星，指甲大的螃蟹

像白发稀疏的脑壳到处乱爬

我在庙里看灯芯快乐地喝煤油

忘记了废墟一块块在崩落，在海浪中

暮色的桌布停止流动，被花瓶压住

我还小，还有时间飞奔起来

踩着白水沫，海的墨绿色玻璃

堆积起来，一下子就变得干燥
每一层都夹着星空的馅，色彩斑斓
西天越来越低，仿佛在追赶
要抓住我的肩头，家里的一个房间
刚刚被你收拾过，未看完的书倒扣着
你仿佛就在隔壁，是我现在的年纪
我们要趁着夜还未深去酒厂
用破皮的葡萄换酒，我终于醒悟
废墟那边等待的，并不是你
那女子面孔模糊如同早晨采下的花束
大海和黑夜在一盏灯里平静下来
你不在任何地方，房间里
摆满了亮晶晶的玻璃灯
我还是那么小，我不敢出门找你

2015年7月31日

3.迷　失

另一个遥远陌生的郊区
我在公交车上丢了行李、证件
幸好钱还在，钱成了安全的保证
乘客下车后转眼就消散了

似乎从来没有存在过一样
司机坐在座位上一动不动
呆视着停车场的黑暗
估计报警也没人管，天色已晚
已经没有车回城里，灯在一盏盏熄灭
没有战争，却到处萧条冷清
人们似乎都各有去处
路边暗影里，本地人窃窃私语
靠着比他们还矮的土屋屋檐
当你问路时又板起脸转过头去
我一条街一条街走下去
没有出租车停下，它们都提前转弯
似乎刻意躲避，或急于驶向更黑的地方
道路越来越黑暗泥泞
秋天从头顶掠过，闪着寒光
我找不到这片城区的中心
我向城里的方向慢慢而行
知道不可能徒步走回去
知道城里也没有一个熟人
前面出现了大片荒地，工厂废墟
发亮的水洼和雾气弥漫的公路
我进退两难，不知道自己为什么
要来这个无政府状态的郊区

2015年8月1日

4.中秋夜

这个巨大的游乐场应有尽有

一座孤岛，上有铁路

周围的疆界无人探查过

也许被海洋环绕

一座大厦年代久远

有些楼层或部分已经封闭

我们似乎从一开始就置身其中

似乎是有很多单位野游

人很多，各自成团游戏

有的每人占据一桌吃喝

有的围在一起谈笑

又不时因为什么而轰然散开

就像人群中投入了一个炮仗

或者仅仅是因为一个笑话

或者是一个同事倒了霉

我几乎没有熟人

但似乎可以加入任何一个团体

也不会有人过问

大厦为铁质骨架，哥特式

外表黝黑，长如绿皮火车的车厢

又如不带玻璃穹顶的老旧shopping mall

灯光时明时暗

我从一个场所转到另一个场所

各种餐厅赌场会堂，楼梯转角平台

没有人服务，却都热闹非凡

各种喧哗都仿佛被消了音

笼罩在雾蒙蒙的宁静之中，只见动作

作为过渡的广场可见天光

又晨昏莫辨，人们安心玩乐

唯有我心怀不安

想找到离岛的车站

却唯见单排车轮如硬币直立运行

摇晃而不倒，迅速不知所终

我要回到城里，岛上灯光昏暗

马上就要收车了

所有的公共服务似乎都无人值守

激流逐渐将岛屿分割

大厦越来越孤立

岛上回荡着懒洋洋、空洞的报站声

我站在潮湿的碎石路基上四下张望

大厦没有一丝光线透出来

仿佛熄灯的海鲜市场

2015年9月28日

5.父亲的秋天

天近黄昏，我和父亲

走过城南积水的街道

低矮漆黑似乎连绵无尽的店铺

去找大哥，却只知道大概方位

一片棚户区，前面隔着

巨大的煤堆，都是流沙粉末

我和父亲必须滑下陡坡

其他无路可走，煤粉下

不时有坚硬岩块让滑行变得危险

我们始终没有翻过煤山

就到了掌灯时分

我们回到无人的家中

挪动用烛泪粘在桌布上的蜡烛

大哥始终没有音信

父亲始终一言不发

我习惯了和父亲沉默地待在一起

无事可做，又若有隐忧

二十五年的梦中

父亲从来都不说话

也没有什么表情

很冷的玻璃房子里

只有我和父亲

他似乎另有住处

在一座绿树遮蔽

位于十字路口的小山上

他只是临时来我这里

似乎并不情愿

大哥似乎刚刚参加工作

这是一座陌生的城市

在城南，总是有走不到尽头的

漆黑的街巷，和纸灰样闪耀的人

2015年10月26日

6.孤岛游乐场

还是一座孤岛，隔着山谷

只能望见游乐场寂静的后院

灰色木栅栏和紧闭的后门

同行者已不知去向

他的相机还拿在我手上

我也不急于寻找

只顾拍照，转眼就上了大坝

它贯穿全岛，将我和游乐场隔开

大坝高得无法从斜坡下去

林中还有最后的光影

如果赶在天黑之前进入游乐场

就能从它的地下隧道回城

孤岛周围或是荒野或是大水

无法探察，没有任何交通工具

怎么来的忘得精光

景色和植物分不清南方还是北方

人们到处乱跑，抢购各种门票

不像是旅游，倒像是逃难

我站在大坝上观望

因为无路可走，反而放下心来

有沙沙的声音从远处爬过来

像海潮的叹息，也像风声

转眼，一个人都没有了

仿佛一场急雨消失在黑暗的地下

2015年10月27日

7.小镇迷局

婴儿车加速推向
即将歇市的黑暗的露天市场
仿佛到了那里
一切就有了解决
最后几个不耐烦的小贩
像站累了的马
用双腿轮流转移着重心
袖着手，天气已经转凉
我们先是躺在你的大床上
望着房顶的天窗
四壁和天花板
都用透亮的淡红色绸子
蒙成过去年代婚房的样子
我们什么也不干
就是望着房顶，也不说话
这是第一次，我来到你的城市
后来我们一起下楼
出门你就不见了
只有一辆婴儿车等着我
车上有一棵蒙着布的白菜
我向冷冷清清的市场推去
你的电话总是无法打通

2015年11月19日

第三辑　对面的房间

127

8.感恩节早上梦见马原

你在耐心地教我怎么
打开红色小手机玩游戏
又告诉我不要做后悔的事
好像有个青年诗人留给我
许多本诗稿，我爱惜地翻着
琢磨着怎么帮他发表
我不知道你的劝告到底是什么意思
反正我放弃了帮助别人的念头
又好像有大虫子绕着我的脖子爬
我打得满手红色碎渣
喊着让你看看我打死的是啥
还有些细节像紫烟融化在海水里
我早早醒来，愉快地看见
窗玻璃上蒙着的哈气
和模糊中透过的红色晨光
它证明屋子比外面暖和
谢谢大马原，谢谢你一直
在教我笨拙地做一个父亲
谢谢你耐心地等待我长大

2015年11月26日感恩节早晨

9.母亲不再说话了

无论我说什么
母亲都不说话
也不用正眼看我
一直在用粗糙开裂的手搓谷穗
用棒子又碾又砸
我只能看清她的侧脸和短发
是她在世界上最后的样子

回家的路变成了沟渠和新的房屋
家只是一个大概的方位
食品厂和豆腐坊都已关闭
胡同变得更窄了
房后根下流着黏稠的污水
不时有不知来历的浓烟
遮住放假的学校和寒冷的露天市场
空中不时闪现白字的红布条幅：
　　"假期愉快，注意安全。"

南边的水泡子干了
垫上了新土，母亲开辟了小园子
北边用向日葵做栅栏

其他三面是木板障子
谷子收成不多
母亲让二哥送到城里给我
用大牛皮纸口袋装着

梦中的母亲不再说话
像别人的母亲

2015年12月3日

10.寒食节午后的噩梦

我有一个孤独愤怒的父亲
突发急病，只叫了两声肚子好痛
就昏倒在地。我一直抱着他
父亲信任地靠在我的肩膀上
脸上突出的骨头磕碰着我的锁骨
我抱着裹在薄被子里的父亲
赶到医院，遇见一个庸医
排在我们前面的女人，总是看不完
又没什么大病，他们不着边际地扯着
近乎打情骂俏。好不容易

到我们了，我把父亲放在地上躺平
我已经不知道父亲是否还活着
他微微侧着脸，看不见是否睁着眼睛
庸医垂着听诊器，体温也不给量
扫了地上两眼，就说父亲只是腹泻
还说人的呼吸停止不能超过一分钟
然后他就开始掐表，还笑嘻嘻的
我说，这就看完了吗
没有什么别的检查了吗
他耸耸肩膀，像个假洋鬼子
父亲一动不动了，我不敢去看
那庸医身体强壮，还在咧嘴笑着
我一把掏向他湿漉漉的下体
不知何时他已经浑身赤裸
他拼命夹住双腿，往回缩缩
我的手奋力向外掰开
我要把他活活撕成两半
他赘肉累累的中年的大腿
拼命踢蹬，露出丑陋黑红的一片
都说胳膊拧不过大腿
我感受着筋腱强韧的力量
像父亲一样，既愤怒又孤单

2016年4月3日

11.异象：黑色向日葵

一棵巨大的向日葵高耸于

群山、大海与日出之上

不断地升高，扭着虬筋百结的花茎

仿佛一个厌倦了生命的人要绞死自己

它继续升高，放大，慢慢张开

像轮盘机枪断续地发射

黑色的子弹，向一切造物

向早晨的雾气，波浪攫取的手

向雾气中正在消融的太阳

摆动它头颅周边愤怒的黑发

它高过了所有的一切

在宇宙中心停住，同时收敛起

它黑色的光焰，变得苍白

仿佛一个羞愧的学生，安静下来

今晨，我从这异象中惊醒

泪流满面，仿佛一个不孝之子

终于把苍白的脸靠在父亲的双膝之上

我无须去看他威严慈祥的面容

而是暗暗回顾业已走过的漫漫长途

2016年7月11日

12.小镇迷失

从一座大城一路飞驰
城里还是秋天，小镇已是深冬
开摩托的小美女，衣服很滑
是我一个已经毕业改行的学生
她不说话，但也没有不耐烦
小镇上似乎马上要过节了
学校操场上的雪无人清扫
一个做教师的朋友陪我
沿围墙转了一圈，到处冷冷清清
几乎没有行人和灯火
木柴堆上，新雪和旧雪交叠
我们在学校门房，围着铜盆子取暖
盆子里的热水换了又换
开摩托的女生不知去向
朋友晚上要上最后一课
讲怎么吹制鸭梨形玻璃灯泡
他满脸歉意，我离开日本老房子
改造的学校，在镇上转悠
只有一家花店亮着粉红的灯光
我的女学生原来正在那里
和女老板一起照镜子，浑身暖洋洋的

她们是同学，她不回城里了
我只得继续转悠，焦急地找车
天空冷得像寒假的办公室
街道只有一条，闭合成环形
我又回到了学校，天上掉下来
一块块坚硬的煤块，闪着寒光
我不知道自己为什么来到这里

2016年10月2日

13.上　课

傍晚的人流，小摊，积雪，电线杆
人群中突出一个我熟悉的死者
装作没看见我，还像活着一样从容
死者都像是哲学家，不说话
但什么都知道，装作自己还活着

我找不到教学楼，到处都黑着灯
这是第一次上课，在学生的指点下
我绕过雪地上的铁栅栏
一座古旧的红砖大楼，窗户也都黑着
有的没了玻璃，大门俯临

一个很深的工地，就像悬崖
门厅很大，不明来处的微光
照亮地上黄色和白色的箭头
一个自言自语的女清洁工
端着盆子，发着牢骚，在修理龙头
我洗了洗手，水停了
水管里残存的水努力滴答了几声

没带教材，也没有讲稿
《人权法概论》，这门课我根本不懂
上到二楼，焕然一新，红色帷幕低垂
阶梯形多功能厅，学生黑压压
也都是不说话，好像在等着
开联欢大会，或是教堂做礼拜
我在过道边坐下，试图镇静下来
我谁也不认识，好像我也是学生

一着急就醒了过来
屋里漆黑一团，有点冷
天已经彻底黑了
稀落的雨滴声，我站在暗中
望着别人家明亮的窗口
过了好一阵子，才把灯打开

2016年10月2日傍晚

14.谁动了我的桌子

还是车辆厂十三楼那间大办公室
外间是几排桌子，里间是电脑室
我的座位始终在靠西窗的角落
明亮的大玻璃窗，宽大的窗台
一抬头就能看见松花江大桥
四季分明的江景，柳树和榆树
桥上玩具般大小闪光的车
仿佛我离开了单位一段时间
出差或者是病休，再回来
屋里所有的桌子都打乱重排了
有的将棕色和黄色的拼在一起
我怎么都找不到我的棕色写字台
还有上锁的抽屉，那里放着
朋友们寥寥无几的信件
一些以为什么时候有用
其实可能一辈子都用不着的东西
我的写字台已经解体
与其他写字台重新组合了
我想，只要找到抽屉
哪怕里边有一张有我字迹的废纸
我就能证明自己属于这里

就像奥德修斯腿上的伤疤
可所有桌子的抽屉都是空的
只有细微的木屑和灰尘
档案柜靠墙立着，还是铁灰色的
屋子里见不到别的同事
只有一个处长模样的人走来走去
视而不见，任我到处翻腾
我继续寻找，拉开每一个
棕色的抽屉，可都是徒劳
它们一模一样，空空如也
那个处长志得意满地来回踱步
各种歪扭的抽屉不断地
从我的身体里拉出一半
没有什么能证明我的身份
我似乎并不存在，我无处可去

2016年10月19日中午

15.寻找父亲

夏天的时候，我的母亲亡故了
夏天我在海上

自由的浪花无尽地开向天涯
蝴蝶随船旅行，时时停在船舷

很久以后我回到陆地
哥姐们正在忙乱，打点行装
他们不向我透露要去哪里
我从他们躲闪的语言中猜出了不幸

不会生活的父亲没有和他们在一起
孤单地留在另一个地方
不生火，不开灯，不说话

隔着晃动的黑暗，我看见他站在
磨掉了红油漆的柜子前
那是父母结婚时仅有的东西
父亲静得像一件旧家具

我要再次出发去寻找父亲
可我不知道要去哪里
也不知道自己在哪里
又是泥泞微寒阒无人迹的黄昏
白杨瑟瑟有声

站在黑暗中，我猛地想起
我的父亲早于母亲六年离开了人世
而我的母亲已故去整整二十个春秋

2016年10月19日午后

16.尴　尬

一帮诗友不知为了什么，走来走去
只有我一个人把裤子忘在了服装店
居然没发觉，就随着他们
去拜访一个老诗人，老人家拿出
一个我讨厌的诗人的大短裤
又瘦又小，好容易套上了
那户人家在杭州郊区，小院幽静
奇怪的是大门上的花环聚满苍蝇
不过院子里花草茂盛，有如园林
我们似乎也没什么要紧的事
到处转转，也没啥话题好说
大家对我的尴尬似乎无动于衷

2016年11月8日

17.大　鸟

不知怎么，就到了一个陌生村庄
认识的两个人出现了一会儿就不见了
剩下我一个，住在高大空旷的房子里
无政府状态的村庄更像是南方
人们走来走去很少说话
风景看完了，我不知道该干些什么
但又无法离开，村庄虽小
但每走一次，房屋似乎就多出一些
街道不停地分成更多的街巷
村中央是一座萧条的菜市场
似乎总是在聚集更多的黑暗
我既无法离开，又无法安顿下来
我剩下的日子只有一件事可做
就是摸索到村边，再见到绿色田野
那里常有几只鹈鹕飞来飞去
大嘴黝黑沉重，似乎找到它们
我就能回到来时的那条土路

2016年12月7日

18.无尽的工厂

工厂改革后重新回去上班
因为裁员，厂子里人迹稀少
一个个巨大的车间彼此相连
看不到什么工人，烟囱寂静
但显然还在开工，你想出去
回到有彩色市场的生活区
但是一个个车间无尽地铺展开去
有运货的小火车从墙洞里
钻到隔壁，却没有人行的道路
可以过去，总是走着走着
就到了煤渣山顶，下面
是常年的废水潭，滋生着各种怪物
炉火闪烁，汽锤铿锵
有时你好不容易从泥沼中挣脱出来
来到两排白杨夹峙的小道
它却通向一座巨大的没有入口的
红砖厂房，只听得里边热火朝天
却不得而入，它挡在那里绕不过去
大院里似乎容纳了众多的山川河流
没有围墙，你却永远走不出去
偶尔遇见几个人也一声不吭

矮如猪，倏忽而没，工厂无边无际

它不停地生产着一些不明用途的东西

每个车间只生产一个部件

却看不到一个最后总装起来的成品

各种灰黑色的形状不停地堆积成山

似乎只是为了让你的跋涉

多一些起伏，将地平线继续推开

你找不到厂办大楼，工厂没有中心

也没有制高点可以一窥全貌

你只能继续乱走，而天色已经暗了下来

2016年12月12日

19. 房　子

又是克山县八街十六组那座

带院子的小平房，门锁上

贴着封条，但又被钥匙捅破了

我打不开门，趴在窗户上往屋里看

北炕上被子高高隆起着

很像有人睡在里边

我感觉应该是大姐或者母亲

我不知道我从哪里回来

我有多大年纪，一切都静得可怕

家门锁着，亲人不知去向

我不知道该去哪里，白昼持续着

梦中场景转换，终于回到了家

却是一座陌生的房子，只有大哥在

给我用水瓢舀水，倒在我手上

让我洗脸，洗脸架上放着的

还是小时候带花的搪瓷盆子

后来有火车呼哧呼哧从胡同里经过

火车头的几个大轱辘

像挽着手臂的巨人倾斜着身体冲刺

我们跑出去看，见满大街都是乌龟

爬着咬人脚，它们在水里

软弱无能，到了陆地却很凶

我和大哥就去打乌龟

不停地把它们打翻

打得手都酸了

2016年12月28日

20.白日见鬼

功力见长，我现在白天也能见鬼了
一间简陋的板条房，我在外间
明明与一个黑乎乎的水桶状的鬼
睡一张床上，他背对我裹着大花被
似乎只要你不动，他就不动
虽然和平共处，也让我啥都干不了
里间还有几个人住，有门锁着
似乎安全一些，里间有个人
功力更高，他能把鬼全吞掉
再直接排泄到地狱里
这个人不停地拉，变得越来越瘦
像个棕色的小孩，整天蹲在黑洞上面
我忽生一念，想把同床之鬼整死
可那家伙身体硬邦邦，根本掐不动
他黑树枝般的手反倒把我的手揪住
我只好连声道歉，然后奔回里间
那门，却怎么都闩不上了

2017年1月24日

21.平 房

我从北边闪着潮湿黑光的田野而来

那一片平房还是童年的样子

我的头几乎与屋檐齐平

有的是砖房，青色的铁皮屋顶

有的是草房，笆房草都发黑了

我不停地从北向南一路奔跑

不知道自己要去哪里

也不知道要寻找什么

时间也许是清晨或傍晚

我越跑越快，经过一个个胡同

哪些房子属于哪个邻居

哪个同学，我还能记得一些

既没有人追我，也没有人召唤我

我只是跑过那些胡同

向每一个窗口快速地张望

有的没有玻璃，有的窗帘半掩

我想看到有人睡在里面

所有的屋子都没有开灯

但可以清晰看到里面的东西

好像没有人居住在这里

但我能听到屋里水罐的震动

我能感觉到有人无声地转动脖颈
到处是寂静，人们都去了哪里
我像放学回家晚了的学生
我知道自己必须不停地跑
跑遍所有胡同，于是我继续奔跑
可是一切都晚了，我已经消失了

2017年3月6日

22.雾　霾

我和父母哥姐在一个奇特的房子里
它是大楼某层一角斜切出来的房间
周围都是窗户，房间彼此连通
我像小时候搬家一样兴奋
跑来跑去，一会儿看看后门
父亲独自坐在那里，靠着黄铜色的门
紧锁的门后就是破烂的水泥楼梯
父亲始终坐在那里，也不说话
我又去看姐姐布置房间
五颜六色温馨的布罩和帘子
母亲不停地拿起又放下一些东西
自言自语，从不回答我的问题

我们不知道从哪里搬来
似乎是在一场战争后来到此地
这个家更像是临时的堡垒
谁都不提发生了什么
生活似乎只是一家人待在屋子里
什么也不干，等着一件更可怕的事发生
我还不太懂事，我只觉得好玩
我溜到外面，外面跟凌晨一样黑
这座楼孤零零的，看不到别的建筑
道路上弥漫着一层没到脚踝的雾气
但更应该说是胶水一般透明的流质
我觉得有毒，站在路边不敢过去
这时大哥从对面的雾气深处出来说
这东西是从所有的老鼠洞里来的
积攒了太多年头，又臭又暖和

2017年3月18日

23.泥　河

河很宽，但只有靠近岸边
才有一线白亮亮的水
河中都是油黑的泥，鼓起着

像是发酵了，又像是搁浅的巨大海豚

河边的街道呈梯形，重重叠叠

从门前，就可以登上前院人家的屋顶

木窗格还含着宿雨，植物静谧的气息

两岸的居民通过一道罗马式水道桥

熙熙攘攘五色杂陈地在河上穿梭

有来有往，但似乎一下子桥就消失不见了

桥上的人始终不见减少

桥上岸上都静悄悄，每家每户

似乎都没人在家，屋檐阴暗

街道无尽地延伸向高处的云雾

我从一个不是自己家，却非常

熟悉的屋子里出来，下到河边

我判断不了这是个什么时代

没有任何典型的物品作为提示

河边不多的水中，养着许多黑鱼

活泼地泼溅着水花，没人在意

桥上的人都低头走动，也不出声

黑泥上模印着事物模糊的雏形

我想起但丁，死亡竟毁灭了这么多人

这些从没有生活过的可怜家伙

于是，越过人头攒动的大桥
我向河流消失的山口久久凝望

2017年4月4日清明

24.鞋丢了

大学时代的教室，乱哄哄
一个郊区农民样子的教师
和我年纪差不多，一个劲儿从我的
《西方文化概括》讲稿上
抄一些重要段落显示在投影上

我的同桌小墩，是个胖乎乎的丫头
直吵吵冷，我便把红色抓绒衣服
给她披上，她变得很瘦
我给她挠后背肩带勒出的印子
惹来一个小罗锅，不停地跳前跳后
嚷嚷，小墩是你老婆小墩是你老婆

下课了，大家乱成一团找自己的鞋
我脚上套了双臭烘烘的紫色棉拖

我的皮鞋不见踪影，满地的鞋
都不知道谁丢的，我于是挑大的试
教室马上就要清场，演下一个节目

越急越穿不上，只穿上一只
贡多拉似的长尖翘起的青色小丑鞋
另一只怎么也解不开鞋带，鞋油味儿熏人
光着一只脚让我感觉软弱，像个婴儿
那学校比荒废的幼儿园还要遥远

2017年4月4日

25.神　话

一群巨人的灰白色光头从山上
一路滚到海里，一个咬着一个
后面的掰开前面的头颅
生出一个新的戴头盔的面孔
在海水中如同岩浆凝固
它们伪装成檐口、柱头和喷泉
废墟上的苔藓、雨和光
散乱的残肢静止，隔得远远的

似乎再也拼不出一个完整的形象
人群如同在假日的游乐园中
被灯笼、木马和草地上的彩虹吸引
可是，又一个可怕的形象出现了
一个巨大如城市的黑色十字架孤悬半空
漆黑的雨水从它的两臂倾泻下来
源源不断，它上面什么都没有
而地上那些巨人的雕塑全都不见了
像是隔夜的玛哪，或是飓风前的鹌鹑
这里没有可以让你命名的东西
最后一只天鹅呼吸着死者的气息
它弯曲的翅膀遮住大地，巨大而肮脏
如同一堆正在融化的雪

2017年4月10日

26.父亲的秘密

我们失踪了两年的父亲回来了
正是夏天，在一个翠绿潮湿的小丘
我们三兄弟像是在《贺拉斯之誓》中那样
面对父亲，不知道这两年他都去了哪里
他闭口不提，他头发花白

指节粗大，目光明亮，尚在中年
更像是一个大战归来的老兵
我们接过他泥泞的背包
他搭着我们的肩膀轻声说，真有点累了
一条美丽的林荫道，燕子拉的车
一辆辆过去，尖声鸣叫，露出窄窄的脸
我们年轻的母亲安静地等在家中
一切似乎都恢复了平静
但是父亲流浪的原因和经过
他突然的衰老，也许只有母亲知道
烟囱根发热，父亲在他高处的房间里
不和我们说话，好像在瞒着什么
母亲整天奔来奔去，修缮房子
父亲很少露面，我们无所事事
有时陪着母亲，有时就坐在楼下
在家族画像和静物中间
倾听父亲房间里的动静
等待他出现，和我们说些什么

2017年4月12日

27.艺术村

一个逐渐恢复成荒野的艺术村
屋子很大，地面凹凸不平
仿佛是一堆逐渐变得平坦的坟
从深不可测的羊角形烟囱里
我掏出黑煤球上颤抖的红花
把地面铲平，踩实，安排桌椅
一次没有作品、人便是作品的画展
平日冷清的村子突然冒出很多人
每个人都捧着自己的黑白照片
女画家和她相貌平庸的老公
背着木头锅盖，大家都住在井里
流水席上什么吃的都没有
只有人流不断，挨桌坐一会儿
又串到下一桌，互相指名道姓
每个人的生活都有一点神秘
都像是重新做人，但又无所事事
在这个季节停在初秋的村子里
我好像为寻找某个失踪者而来
没有人意识到我这陌生人的存在
我一直逗留下去，夜里我去井边
听空木桶在黑暗中摇晃磕碰的声音
等待井水再次干涸，露出新鲜的淤泥

2017年4月13日

28.抵　抗

敌人在一座大山顶上建立了基地

然后在周围光秃秃的小山上

建起一个个小小的工作站

将本地所有物质转换成能量发射走

我们的任务是采取逆向手段

把能量再还原成物质

山上树木稀少，山下都是平原

没有人耕种，他们在山体里藏着升降梯

但从外面找不到入口

这些外星敌人数量不多

可我们的技术已经落后了

逆转的速度亟待提高

敌人每建完一个工作站

就向前推进，只在大山山顶

有时能看见灰蓝色的钢盔闪动

他们身材瘦小，从不说话

倒像是温和的电工穿着灰色工作服

我们跟在后面，一个个地搞破坏

田野中的电线杆子越来越多

村庄静悄悄，天边上一座大城

孤独地闪烁着嶙峋的弧光

我们必须在敌人抵达那城之前
破坏所有的工作站，重新组装
各种颜色的导线、磁核、电路
抵抗军似乎只剩下了我们这个小组
我们手脚笨拙，皱巴巴的图纸上
标着断续难解的词句，而那些敌人
已经进化出了翅膀，瓢虫一样飞了起来
我们焦急地借着暗蓝的弧光
想把那些句子连成一个有意义的咒语
一次性逆转敌人所有的进程
让闪电蜿蜒地从黑色树根退回到树梢

2017年4月16日复活节中午

29.牧蛇女

牧蛇女用竹枝赶着两条大蛇
一路缓缓而行，她戴着养蜂人的兜帽
脸上垂着白纱，不知道要去往哪里
也不知道从何而来，她似乎突然
就出现在山坡上，已经是春天
有时，两条蛇会纠缠成一个花环

她便用竹枝把它们分开
有一条落后了，她便轻轻打一下
让它改变性别，加快速度
两条蛇不断地交换性别
它们是光秃秃的山坡上唯一的色彩
闪烁着某种混乱而痛苦的荣耀
蜿蜒前行，嘶嘶地留下半透明的口涎
它们滚圆的身体里藏着花籽
让它们万分难受，又无法摆脱
那牧蛇女的眼睛早已成了石头
只要她不知道自己的身份
那蛇腹里毒花的种子就无法播种
大地和人类就能幸免于难
那两条巨蛇就必须再等上七年

2017年4月18日

30.罢　园

即将过季的果菜突然多起来
红红绿绿，无尽地堆积在路边
便宜得像白给的一样
紫茄子，青椒，卵石般的小柿子
夏末秋初的北方，早晚已有凉意

一样样大地的出产相继罢园

先是黄金钩豆角，有条纹的香瓜

里面的甜汁稀释，变浑

一摇咔啦直响，像是即将爆炸的手雷

然后黏玉米变老，好像短短十几日

你就把它们一样样吃没了

此后它们变得稀少而昂贵

鸟儿开始在日渐荒芜的园子里

对着什么东西大叫

我买了几麻袋的柿子，要运到乡下

堆在园中唯一的苹果树下

等它们腐烂，彻底消失

那今年没有开花的苹果树就会复活

这件困难的事似乎从来没有做过

深夜的火车，我去向父亲告别

他坐在高高的房间里，还在写材料

他没有起身，只是若有所思地看着我

我也没有听见他说什么，家里的人

都已等在车站露天检票口的外面

脸庞闪着潮湿的光，为我感到悲哀

仿佛我没有必要明白这一切的原因

仿佛有一辆坦克开过了高高的葵花田

2017年4月20日

31.与母亲争吵

雾气弥漫，路上静悄悄

万物高大，出现又消失

仿佛有什么事情就要发生

放学后我回到父母的老房子里

屋子里越来越冷，父亲穿着整齐

盖着被子躺在南炕上，我穿着灰毛衣

在屋子里走来走去，抱怨着寒冷

空调打不开了，我朝母亲嚷嚷

说父亲冷成这样，就不能换个新空调吗

母亲在幽暗的北炕上没好气地说

要换你换，我没钱

我说，那用得了几个钱，一两万就够了

父亲一声不吭，但似乎还醒着

母亲自己在温暖的云南买了房子

我们都知道，但谁都不提这事儿

一种模糊的不安气氛在家中弥漫

傍晚的雾气依然没有散去

母亲不停地给收音机调台

各种刺耳的噪音忽大忽小

没有人说话，那是我和母亲

唯一的一次争吵，它在梦中发生

梦中的我既是那个少年又是现在的我
我从未和母亲争吵过
这个凄凉的梦却让我感到安慰
因为我很少能同时梦见父亲和母亲

2017年5月28日

32.看不见面目的人

一条粗壮野蛮的胳膊始终横在面前
截住我的去路，我无论怎么突然
转身改变角度，也无法看见它的主人
只能听见身后紧贴着的咻咻的气息
一股热烘烘酸臭的气息
一个臃肿如死猪的大肚子顶着我
他身体不洁的部位紧紧地黏在我身上
我用手狠掐，那东西却像隔夜的烂面条
一段段掉落，剩下的继续黏在我腿上
我感到无助，这似乎是个无人的教室
我在桌椅间的过道上拖曳着脚步
始终无法摆脱这个看不见脸孔的家伙
始终只有一条粗壮的胳膊拦着我

他不会放过我，就像人世间总有一些
猥琐而强大的小人暗中作祟
用他们黏糊糊的脏让你无法与世隔绝

2017年6月16日

33.上课途中

已经是晚上八点五十五分，我和兴贵
忍着饿，口袋里只有几张绿色毛票子
时间紧迫，我们要穿越车辆厂外面
那一片黑暗的街区，赶进厂子上课
到处是迷宫般黑灯瞎火的房屋
结冰的坡路，我们经过有外国人
穿戴盔甲在练习剑术的营地
我们赤手空拳，他们手持锋利的重剑
一路狐疑地跟随我们，数念字母
又翻过冰城堡溜滑的一道拱桥形长城
男女老少如过奈何桥般争先恐后
不时地有人群像泼在雪地上的脏水
流到我们脚前停住，一个韩国妇女
多次从人群中奔出来，拦住我们

说昨晚听到我们在"时代之声"中的访谈
然后又笑着回到人群中，我们的行程
不断被打断，走着走着
兴贵不见了，我焦急地打通了电话
兴贵说，马上就下来，我以为
他先于我抵达了厂门口的职工宿舍
他说，自己马上从一个亭子里下来
到处黑暗而混乱，上课肯定是晚了
那座微光闪烁的工厂怎么也走不到

2017年6月22日晨

34.大　水

天下大水，遍地泽国
戏楼和渔村的饭馆都半没于水
前门后门不知深可几许
水似乎不再流动，黏稠如黑泥
可以清楚地看见"喇嘛庄"的金色牌匾
尚有穿着连体黑水靴的农人拿扎枪
在泥浆中缓慢行走，剩余的农田
彩衣闪动，我找不到回城的路

田头小径，向一个村姑求助
她面目姣好，有点像大学生村官
人们陆续聚集，随她走进村中
转眼便一哄而散，她指着一个
仅剩烧黑框架的建筑，说我住在那里
然后暗笑着飞快闪进一个院落
我赶紧跟过去，进屋，只见她
靠墙而立，屋里什么家具都没有
她的脸上现出闪着红光的伤疤
变得狰狞，我还把她当作是她
继续请求帮助，复又带我出门
门外一线黑水茫茫，她套了马车
车没有轮子，我们都佯装不知
谁也不说话，她脸上的疤痕淡了
像是葡萄酒软木瓶塞的裂痕在愈合
泥地的裂缝里嵌着大大小小的白鱼
水在消退，稀疏的玉米苗已有一巴掌高

2017年6月23日午后

35.飞天骷髅

从岛上弄来一个水手箱子
里面飞出一个缩小的骷髅
属于一个已被消灭的敌人
受魔法支配，它到处乱飞
发出嘲讽的笑声，始终跟着我们
似乎也没多大危害
就是时时让你吃惊一下
我们必须找到它的真身
彻底消灭它，但每一次
它都会变化成我们中间的一个人
它好像有无数个外壳
一层层套起来，每一次打击
只能让它变形，而不是瓦解
战斗在持续，地点不断转移
我身边的战友越来越少
它把我的战友们的身体像衣服一样
一层层穿起来，我狠下心
无论它以谁的样子出现，都坚决打击
我要找回那口箱子，把它锁住
送回岛上，但是战斗已经深入内陆
始终捕捉不到这狡猾的骷髅

2017年6月20日

36.战　争

早上，天空一片漆黑，隐隐有雷声

随着亮起的彤云，发现

黑气中满是一层层大大小小的飞行物

随后，我方数量稀少的几架战机

像雨打的蜻蜓一样翅膀折断，坠落

整个国家在几分钟内沦陷

我随着越跑越少的人群逃进一座工厂

躲避让血肉瞬间成灰的红色扫描线

零星的抵抗者东躲西藏

被辐射污染的人迅速变成奴隶

肢体畸形，入侵者和本国人外表一样

只是语言不同，脸色更白一点

我捡到把枪，只要手里有枪

入侵者就以为是押运俘虏的自己人

但是不能说话，我转入另一个地下车间

从搭了木头架子的竖井爬上地面

到处焦土一片，我越过小河

垂直爬上一个平行星球，上面冰雪覆盖

属于俄罗斯，在一户人家的窗台外面

我捡到一个皮夹，里边有一张身份证

和一张认不出数额的红色纸币

几张购物或是洗衣服的票据
夜色已深，我正在犯愁到何处存身
纸条上的字母依稀是一个熟悉的名字
遂又想起至少我可以使用英语
我将作为流亡者向前走去
灯一盏盏熄灭，我必须去找到
城市深处始终亮灯的图书馆
孤独中心存一丝被善待的希望

2017年7月15日晨

37.与母亲跳舞

她把我的脚放在她穿着塑料凉鞋的双脚上
我很小，仰头看着她
我们都在笑，转了一圈又一圈
不知道舞曲早已停息
我看见她鼻子上细小的汗珠在闪光
她凉爽的裙子轻轻擦着我的鼻尖
我们每转一圈，我就长高一些
直到能晕眩地埋在她的胸前
直到能平视她闪着恶作剧光芒的眼睛

直到我高过她一头

而她从三十岁慢慢还原成一个少女

我们像同学一样拉着手，避开众人

幽暗的森林不时升起绿色的信号弹

河水也在闪着光流进黑暗

她倚着大块的黑暗抽烟

她突然转过头看我，微笑一下

她的笑容像黑夜中的涟漪一圈圈扩散

她抽烟的姿势像个离家出走的富家女

她吐出一圈圈芳香刺鼻的烟雾

她把剩下的烟放到我嘴里

我在烟雾中咳嗽，越来越小

又成了那个四五岁的孩子

只是她不再微笑，只是透过烟雾

沉默地看着我。音乐重新响起

枝型水晶吊灯的光波越过露台

向森林和远山一圈圈扩散

2017年7月22日

38.打　工

北京，你和地铁之间始终隔着
广大的废墟、工地和怎么也走不出去的街区
那些人似乎就生活在众多死胡同里
热闹非凡，热情得有些让你尴尬
他们会耐心地为你规划诸多路线
并彼此争执不休，最后把你撇在一边
你得赶紧抵达设在大庙里的公司
它更像一个私塾，你的岗位职责
是考取各种证书，因为你没有技能
女老板很年轻，等你终于抵达时
发现自己没穿上衣，你得陪她去相亲
在干燥的乡下，她的父母如黑泥鳅
刁钻古怪，嘟嘟囔囔，出来进去
你只能光着上身尴尬地等在院子里
蒲棒颜色变深时，你们终于回到城里
又一次，你找不到地铁入口
同行的人踏上转盘，迅速消失在地下
地面迅即愈合，于是你重新攀登废墟
想到高处看一下自己到底在哪里
除了废墟，只有几座孤零零的红色大庙
矗立在连绵无尽的废墟之中

偶尔点缀着几棵头发蓬乱的绿树
像吊死鬼似的，小幅度悠荡着
从废墟下面传来机器通风的呼呼声

2017年8月3日

39.拆　迁

我好像是出差回来
发现车辆厂的宿舍已被夷平
一片灰白瓦砾，我无处可去
钥匙在手中微微发热
找不到任何负责的人
似乎我和这个单位，这个城市
没有任何关系
也没有人知道我的身份
可是那把钥匙和那个熟悉的地点
还有我清楚的记忆
包括宿舍里都存了些什么书
告诉我自己的确属于这里
废墟还在不断扩大。我在周围转悠
在裹着塑料布的小棚子里

买了一个冻馒头，啃在嘴里发甜

馒头渣掉在我干净的黑皮鞋上

我希望有人能认出我来

在一个布满管道的空车间里

红锈如鳞片的粗大水管中

有热水的流动声，这里似乎

有人居住，拼凑的家具，没有邻居

一个陌生的女人回来了

拿着硬邦邦的刀鱼

她似乎知道我是谁

她什么都没有问

似乎一切都很自然

我们收集寒冷的碎片

把闪光的零件悬挂在各处

在砖头上画出火把

在车间一角布置春节的氛围

从不靠近火光闪烁的熔炉

也不知道外面发生了什么

似乎还会有人亲切地回到这里

呵着手跺脚，在铁管子上晾衣服

用袖套擦掉玻璃窗上的水汽

和我们一起望着外面无人的雪

2018年1月31日

40.洞　穴

我独自住在一个木头老房子里
在一条坡路的顶端，几乎没人
从那条路经过，我似乎没有什么职业
也很少外出，似乎不需要任何东西
就能活着，这种状况被一个女人的出现
打破了，她瘦小平常，完全陌生
拿着一张照片，证明那就是她
照片上的人和她完全是两个人
我同样认不出来，她的名字
却是我一个多年诗友的名字
她住进我的家里，不知道
她来到这座城市为了什么
她很少和我说话，我也似乎
听之任之，可自从她到来
我就会反复梦见房子下面
有一个很深的洞穴，我光着脚
在洞穴里行走，洞里很亮
怎么也走不到头，每次醒过来
我的生活似乎又恢复到
那个女人出现之前的样子
渐渐地我有点分不清自己

到底是梦是醒，于是我开始
寻找我熟悉的东西，读过的书
它们没有任何变化，不多也不少
而总在我找书的时候，那个女人
又会出现，带回来一些东西
说不上有什么用途，它们迅速
消失在房子里，我偷偷寻找过
但一无所获，我继续装作一切正常
观察她到底要干什么，可除了
每天带回来一些没用的东西
她似乎和我一样无所事事
而我继续梦见房子下面的洞穴
向更深处延伸着，我从洞中醒来

2018年2月28日

41.与父亲在船上

船非常高大，有暗红色的铁甲板
我们向下望去，一个狭窄的港口
像是一个长方形的洋铁水槽子
几艘船歪斜地半浸在水中

我问父亲，它们是在沉没吗
父亲说不是，它们只是停在那里

天边涌来一排波浪，一个跃过一个
像是在玩跳背游戏，我们继续观望
这时紧贴着我们的船，呼隆一下
冒出来一艘同样暗红色的大船
像一口巨大的棺材越升越高
甚至要高过我们所在之处

赶紧走！我们的船侧陡如悬崖
我正自张皇无措，只见父亲
已从悬梯下到地面，我背身而下
因为有他在下面望着而感到安全

我们离开水边，走进一个村子
村子里似乎没有什么人，都是饭店
每家门前都竖着一根旗杆
上面叉着一只不知死活的猫

父亲再也没有说话，神情严肃
我们默默地走着，天色阴暗
分不清时辰，我们不知要去向哪里

2018年3月5日

42.回克山

一片没有色彩的平房，院落
一个套一个，院墙都用土坯垒成
半人来高，可以看清所有生活的痕迹
每一户人家的窗户都是黑的
似乎没有人在家，街巷开始变窄
堆积在一起，院落也变得不规则起来
它们扭曲，合并，形成诸多死胡同
你再也走不出去了，你要找的老家
就在这个方位和区域，可是那些房子
全无可以分辨的特征，屋顶低矮
苫房草已经部分腐烂和脱落
你突然就置身于许多年前的寂静之中
几个少时的同学围成一圈蹲在地上
画着什么意义晦涩的图案
天色越发阴暗，不辨晨昏
你的手机里怎么也找不到家人的号码
那些同学转眼消失在各处，你的周围
布满了大大小小的池塘，闪着沉闷的光

2018年3月26日

小记叙（组诗）

1.那两只小手

你留在了幼年时代
连同寄托父母祝福的名字
小时候我们总是拿名字逗趣
大姐是芹菜，二哥是酱缸，你是罐头瓶子
永远平安，你做到了
除了一口牙齿同你一起光荣下岗
从小练就的铮铮铁骨还在
这战士的顽强支撑你上山栽树
下坑挖沙子，进城装废铁
尝尽炎凉苦辛，你却从未长大
从克山长春哈尔滨到银川南京
还是那一双厚实的小脚丫，那双倔强的小手
罐头瓶子样方正的小脑袋瓜
一路南征北战，多少次
那双小手果断出手，如狂风暴雨
痛击欺负你两个弟弟的强敌
直叫他如风中垂柳般跪地求饶
又是那两只小手，在鬼龇牙的冬夜
拾粪积肥，完成学校的交粪任务
让院子里的黑暗垒起幸福的模样

替妈妈干活最多的
替弟弟打仗回家挨爸爸揍的
不讲吃不讲穿心如明镜又沉默寡言的
抽最便宜的烟打拳练气是唯一享受的
最怕熬夜又不得不坚守更夫岗位的
五十岁开始写诗让词语羞愧的
不是你，是那两只从未长大的小手
完成了这一切的责任
保障了你灵魂的自由与尊严
它们依然宽厚温暖
只是已很少落在我身上
像小时候帮我剃头
在黎明前的黑暗中带我练功时那样
我们的手偶尔碰到一起
就像两个礼貌的大人一样谦让
年近六十的大哥，平平安安
被生活享受着，年过半百的三弟
波波折折，享受着生活
一切依然如故，只是你的眼睛
已没有对世界的好奇和对幸福的期待
只是你从未长大的那双小手
依然紧紧地攥着，随时向世界
和这永生的虚无，发出雷霆闪电的一击

2015年1月14日

2.生日夜想起我那早已不在人世的妈妈

我的妈妈死在蓝窗格的春天

我的爱干净的妈妈擦了一上午的玻璃

停下手，用我用过的旧作业本

卷了一根旱烟，用唾沫粘好

她想倒退着坐到炕上

却坐空摔在了炕沿下

脑溢血像她刚刚吐出的烟圈

还在屋子中央渐渐扩散

我的妈妈就那样死在

阴影变成池塘的春天

满院子的阳光都闭上了柳叶的眼睛

爸爸去世后，我的妈妈常常不睡觉

她要故意累自己，想早点去到爸爸身边

我的爱干净的妈妈，早年在伊春

我会帮她给红漆地板打蜡

光滑得穿着袜子无法行走

我们就打出溜滑玩儿，有几年

我的妈妈好像只属于我一个人

我烧得滚烫的小脸紧贴着她后背

迷迷糊糊听着她芳香的心跳

我不记得她那时候的样子

只是偶尔，当我的眼睛疲惫发黑
像从一口寂静的深井里
荡漾出妈妈的微笑，带着孤儿的忧郁
和坚忍，随着细碎的阳光变形又消失
我的妈妈在一个飘满形象的空间
我无法把她找回来，那天顶垂下的巨钟
没有指针，钟摆掠过大地
驱赶着那些羞怯的灵魂
我的妈妈是个漂亮的姑娘
可我只记得她老年的模样

2015年7月17日

3.我的死者，我的礼物

A.麦可

一些细节，一些当时并不在意的瞬间
重新回来了，在同样漫不经心的时刻
它们似乎是逝去多年的故人
早就送出的小礼物，或者是提醒
只不过在他们离开之后，很久才到达

比如，九十年代普通的一天
在新开街的大走廊宿舍里
麦可和我从早上一直待到傍晚
酒也喝不动了，话题也说完了
我们沉默下来，我有点感到惭愧
"也没啥事，却消耗了你一天。"
麦可答："值得。"于是我们继续
并排坐在长沙发上发呆，望着同一面墙
房间慢慢暗下来。过了几年他就走了
他有两米高，我总得仰头和他说话
像个小孩，而实际上我要长他八岁
麦可死的时候又是一个寒冬
我们把他抬到院子里，看着他的父亲
扑在儿子身上，亲吻他苍白的脸颊
那带花的纸棺材实在太小了
我过去一把将后堵头掰了下来扔到雪里
活着，人间容不下他的高大
死了，凭啥还要受这个委屈！
像个逆行者，我离我们一起发呆的
那个不复存在的房间越来越近了
他仿佛还在《回忆那一场初雪》的诗中
在雨夹雪的九月的最后一天
在车站的雨檐下等我

看我头上落满了雪，扑闪的白蝶
围绕我群舞，把我写成一个
纯银的歌手，站在大地上笔直歌唱
而他的诗集，我已很多年，不再翻开

B.韦尔乔

尔乔与我算是知交，可是很奇怪
我俩见面时必须有第三者在场
作为缓冲区或是限位器
尤其他这么感觉，我们还不能
一起沉默。寂静会让人不安
似乎它是不祥之物，是海水灭顶
我向与世违，常有八表同昏之慨
尔乔曾在背后对一群半人半鬼的人讲：
"像老马这样的人，你和他处不好，
那纯粹是你的问题。"他可能也是在说
与我单独相处时那种微妙的尴尬吧
又有一次，我们五六人去吃锅烙
尔乔越过别人，一直和我论说信仰
从佛陀到基督，从《金刚经》到《圣经》
他说现在他才最有资格说信仰
我们都以为他的病情已无大碍

他曾对着满墙的书和光碟
淡淡地说，恨不能把这些都烧了
人能拥有什么呢。然后撩开衬衣
给我们看手术留下的通红的伤疤
隆起着，像粗麻绳斜着勒在肋下
那时的春天风很大，人很小
那时的春天，我们蹲在松花江边
看开江，江风浩荡，江水清冽
冰排哗啦啦很快就流过去了
尔乔墓地里红色的山楂树
也应该已经连续八年，把累累果实
压弯的枝条，垂向他的坟头了吧

C.王炳克

炳克是我大学同班同学，河南人
我们一起写诗，冬天在宿舍里
用电炉子偷摸煮元宵
他说我吃的多，像个馋嘴骡子
那年寒假我们都没有回家
准备考研，西安很冷，没暖气
我就把靠背椅子压在身上
后来炳克精神分裂，走失数日
我们赶到时，他正坐在马路牙子上

一只脚穿了只破平底布鞋

一见我就扑了过来，老马你可来了

我说，你皮鞋呢？让人给换了，呜呜

炳克最终是肄业，回了老家

我们还通信，他写诗说我坐在

菩提树下，吸收全宇宙的射线

结婚照上他一副很正常的样子

可是不久，他父亲的信就来了

炳克又没了，问是不是在哈尔滨呢

这回，他是彻底走丢了，算算

已经有将近三十年了吧

临毕业那年，晓锋给我俩拍照

我们坐在台阶上，我满脸对世界的蔑视

炳克坐在我身后高两级的地方

背后有扇门，戴着眼镜，没什么表情

D.刘雪峰

雪峰脑溢血住院的那个冬天

特别的冷，我和元正从医院出来

等一辆末班车，我们都有点饿了

但谁都没有心思先去喝点

那车久久不来，我的皮夹克冻得梆硬

我一个人，数次穿过荒凉的野地

去松江电机厂医院看他
总要途经一片幽暗的松林
总是有一枚纸月亮跟着我
一次我见床空了，以为他死了
还没人通知我。护士说是出院回家了
雪峰是朋友中最有活力的一个
喜欢呼朋引伴，纵酒高歌
最爱唱《沧海一声笑》
雪峰很率真，下班到元正的食杂店
看见花生好吃，就抓一把揣进他
昂贵的西服兜里，油乎乎的也不在乎
我遭难的时候，他在家给我做鲶鱼
胳膊被油崩出一片大大小小的红点子
我们曾坐在小雨里，在松花江旅社外面
喝酒，一边痛骂徐元正重色轻友
和小曼去北方剧场听音乐会
却让我们俩来见活佛，那密宗
小活佛刚三十来岁
摩挲着我的脑瓜顶唱了两首歌
听不懂的好听。雪峰写诗，豪迈而深情
他要回到宋朝，回到《诗经》
在庙里想着蒹葭和水中的女人
在山中断句："姐，我们下山吧，

高处多么孤单，结草为庐的人
在大地之上。"雪峰病倒后
再没有说过话，我们去看他
他会斜着眼睛偷偷看我们
我们说要走了，他就把脸扭到一边

2016年4月7日

4.母亲的背影

我已经忘记了母亲年轻时的模样
只记得在伊春，水从红色地板缝里
呲呲冒出来，很快就没过了膝盖
四五岁的我便要母亲背着
去小屋取长白糕吃
母亲还常常背着我到河边
寻找偷跑出来下河洗澡的两个哥哥
喊着永平永刚的小名瓶子缸子
这边喊，人家那边猫着小腰
早已从另一边，在草木掩护下
先行潜回了家，正襟危坐
不愧是军人后代，训练有素

母亲年轻时的背影我已经忘记了
只记得贴在她后背上
听她有力的心跳，让我着迷
我常缠着她磨叽，听心跳听心跳
听什么听，妈一把把我拨拉开
她还有很多活得干，她只说过一次
真烦人，我却记了一辈子

母亲去世后，有两三年
见到前边走着身材仿佛的老妇人
我有时就会赶超过去，看看脸儿
恍惚中以为母亲还活着
只是生活在另一个地方
在另一个我不认识的人家
已经成了别人的母亲
完全忘记了我们，就像我
已经完全忘记了她年轻时的模样
只有她老年时干燥的白发
羞涩的笑容和温暖的皱纹

2016年4月11日

5.青年节写写过去，过去我们都是愤青

俺曾经也是个愣头青甚至愤青

十七岁，西安交大的梧桐校园

独自游荡，恰有一对小情人儿

手拉手兜过来，咱性起不让路

直接把那俩小手从中切断

又有一次，迎面一排四五个

像是拉着一张无形的网

要网住路上遇见的任何东西

俺一肩撞过去，那小队伍

马上解体，"瞅啥！"麻溜滚蛋

连口气都不敢喘匀和喽

那是1981年的秋天，刚入学不久

路上被八个辽宁的男生拦住

一色排开，为首的粗短身材

"听说你会点武。"咱立定如山

"你们一个个上，别一起上，

一起上我整不过你们。"

哈哈，行啊，握手握手，都东北哥们儿

一日正午睡，翻来覆去睡不着

同学夏志华，湖北人，脑袋圆

在走廊走来走去，反复经过
俺敞开的宿舍门，念叨什么是科幻小说
俺起身出来，右手照他左脸就一巴掌
"这叫科学。"反手再抽他右脸一巴掌
"这叫幻想。"回屋马上睡着了
剩那可怜人待在走廊，半天不响
与仝晓锋仝红去西北政法还是陕师大
看露天电影，用砖头摞起来占座
与两个也姓马的不知怎么冲突起来
后来知道那哥俩叫作马龙马虎
是西北一个有名武术家的儿子
都抄起了砖头，双方又都忍住了
回来的路上，小仝红讽刺我个没完
晓锋则一声不吭
食堂的圆桌，中间一根粗铁柱
柱上生出一转圈的小圆凳
可以拉出来坐，有人踩了脚印
于是俺老人家也把一只大脚踏上
站着准备吃烂糊白菜大馒头
过来四五个其他班的小子
指责俺踩脏了他们的凳子
旁边空桌子有的是，他们不去

好家伙，正好有个长条木头板凳
俺顺手抄了起来，十七岁怕谁啊
瘦高，力大，臂长，拳重，不爱洗澡
头发脏得打绺，和印第安小辫一样
双眼发绿，直勾勾，如来自北方的狼
双方对峙片刻，俺同班同学魏征
看见这西洋景，一旁呱呱鼓起掌来
俺这一凳子，差点就奔他脑袋上拍去了
危机终于解除，还得感谢俺的好同学
那时莫名地憎恨很多东西
比如顾城写两种颜色的小破诗
通宵刻钢板，推滚筒，印星火社刊
临毕业时与张晨红一起主持朗诵会
她嫌俺太高，就站在舞台另一边
她姐特意从兰州医学院赶来看俺
过道上都是人呐，底下一顺水
坐一排宣传部校团委的混蛋，直眼看俺
俺竖着米黄色风衣小领子浪诗
浪那首已经散轶的《不系之舟》
宜凡后来写信称那是风云男子汉的心声
俺还用手直指台下那些个白板死脸
浪了首什么他们明天可能就死

就会断子绝孙的破诗

朗诵会结束，俺和张晨红也散烟了

她姐还说可惜了，她爸妈开始不同意

说诗人都不可靠，偷偷来学校

看俺打球，之后就不反对了

可是晨红不干了，说俺把长头发剪了

就不像《上海滩》里的许文强了

如果俺俩成了，俺就留西安了

这些都是多么有趣又荒唐啊

因为老写诗，俺被发配到车辆厂

在火车汽笛和交替挥舞的黑白蒸汽中

打发了十八年的大好时光

继续憎恨很多人和事物，尤其是诗人

埋头生活，皓首穷经，译稿盈尺

现在俺不和天斗，不和地斗，只和自己斗

发誓要把自己打倒，再踏上一万只脚

2016年5月4日于下马坊驿站

6.谈谈理想

小时候，因为太老实总挨欺负
做监狱典狱长的父亲就开始教我们
擒敌拳，后来永平大哥带我练
寒冬腊月也把我拎到院子里
前踢到额，倒打够到后脑勺
斜挂够到太阳穴，外摆整个扫半圈
旋风脚，二起脚，旋子，扫堂腿
拳法自不必说，尤其我的摆拳
胳膊长，力气大，左右开弓
直削得他们抬不起头
只能拼命用细胳膊护着头脸
俺便腾一只手掰开他们的防护
照脑袋上猛削，再让你欺负老实人
不过一般不逼急眼俺是不动手的
而且遵父兄教导，尽量别用上勾拳
打下巴子上容易出事，就用摆拳
打不死，还如狂风骤雨
让敌人如风中垂柳婀娜多姿
人不犯我，我不犯人
一旦出手，管叫他有来无回
结果，三年级开始练拳

不到两年，所有欺负过我的
都被打倒在地，从胡同这头
翻翻滚滚打到那头，帽子也给他打丢
大哥当兵之后，通信里我还信誓旦旦
要学好武美二术，每天早上端着小碗
爬到仓房去画日出的云彩，画风
逮住谁给谁画素描，一动不许动
母亲家务很多，时常被我缠得不耐烦
有时没啥画的了，就把被子铺开
照着画上面的大花，翻卷折叠
来客人了，总得去院子里嗬瑟嗬瑟
单刀、棍术、长枪，都演练一番
最骄傲的是晚上手持红缨枪
去接下班的大姐，大姐长得太招风了
一米七的大个，长发，性情文雅
我一个人去接，长枪头乌黑，不开刃
拳法除了长拳，主要是蔡龙云的华拳
大哥抄写的拳谱，动作分解，歌诀
可是这武美二术，没一个坚持下来的
大学时还自学了龙虎双形和太极
毕业后就再也不比画了，也不画了
至今仍是个善良常被无情利用的书生
高高大大，却老实得让人生气

八十年代流行"学好数理化，走遍全天下"
读了个计算机软件，从没想到
自己会成为诗人，更从不敢想象
这辈子会跳出车辆厂那火坑
离开哈尔滨，漂泊到死热死热的南京
一个整天不说话，自己鼓鼓捣捣
能从早玩到晚，丢了也没人注意
邻居从没见出声地哭过笑过的
黑眼仁整个浮在眼白中的
让坐哪儿就坐哪儿一动不动的小男孩
会走上光荣的人民教师的讲台
而且一讲就两个半钟头
人过半百一事无成只写了点破诗
还敝帚自珍当个宝贝疙瘩满脸严肃
如果说还有点革命理想
那就是下辈子决不再做百无一用的书生
而是要满脸横肉，大开杀戒，鸡犬不留
然后再老哥一个靠着墙谈谈理想

2016年10月2日

7.母亲的话

我想把自己累死

父亲过世后的那段时间
母亲总是忙个不停
东转转，西擦擦
她本来就爱干净
有些可干可不干的家务活
她也兴致盎然地做个没完
好像要重新开始生活一样

她这样干了六年
在北方清新的早春
积雪融化，土地发出黑色的闪光
母亲不再为人看孩子解闷
她回到越来越矮的老屋
她又捡起了那些可干可不干的活儿

她把米袋子沿墙码好
把冻成一坨的煤刨开
屋子里春光明媚，风从野外吹来
棚上新糊了报纸，面粉做的糨糊

小时候我总要尝上一尝
蓝油漆的窗户斜着支起在屋檐下
窗子下翻了一锹宽的新土
准备撒上扫帚梅、爬山虎的种子
父亲用过的东西原样未动
或是好好地收在他们结婚时
那对带大牡丹花的红色木柜子里

我的母亲歇下手，满足地打量着屋子
用我念书时用过的演草本的薄纸
卷了一根烟，用唾沫粘上
她后退着想坐回
阳光照亮的灰尘升腾的土炕上
却坐空在了炕沿底下

我想把自己累死

她做到了，这句话像一句誓言
传给了我，我将像母亲那样死去
因为我，太爱她了

2016年10月30日

8.储秋菜

那时候，每个单位都会放一两天假
让职工买秋菜，马上要过冬了
那几天，家家都像备战一样热闹
马路边常常摆满了大白菜
有的买好就放在那里过夜
只是为了吹吹风，掰下来的
老菜帮子，到早上满地都是
白菜一般会码在院子里，窗台上
一层层整整齐齐，它们散发
清凉的甜味，有时母亲会让你
掰出一个白菜芯，蘸糖吃
我会帮着从门口的车上往家搬
双手先捧住一颗大的，然后
从手腕开始，让大人给我一颗颗
往上摞，摞满整个手臂的长度
一直到前胸，再用下巴颏卡住
院子里总是洒满金色的阳光
屋檐下两口大缸刷得干干净净
准备腌菜，摆一层菜，撒一层大粒盐
最后压上一块大青石，其他的白菜
连同土豆红萝卜胡萝卜和大葱

也许还有苹果，下到院子的地窖里
那里温暖黑暗，出口盖着麻袋
和木头钉的小门，有梯子伸向黑暗
父亲从黑暗中升起的身形异常高大
每个地窖都那么神秘，新鲜的土腥味
似乎彼此相通，一直通向另一个世界
整整一个冬天，哪怕雪盖住院子
那些白菜渐渐浓郁的气味
和父母哥姐忙碌时的各种声音
都像是一种不变的忠诚的保证
生活会一直如此，没有人会离开

2016年12月8日

9.我的父亲母亲

小时候在伊春，父亲住在部队里
作为典狱长，他只能周末回家
也总是带着手枪，放枕头底下
母亲带着我们姐弟四人住平房
有时父亲带兵游泳，汤旺河很宽
母亲和大姐便在河边洗衣服

蓝床单在水里展开，漂动
映衬着武警中队水上起伏的红旗
母亲有时望望河面，大哥二哥
在抓蝲蛄虾，四五岁的我坐在浅水里
我总想爬到母亲和姐姐抻开的床单上去
小鱼蹭着小腿痒酥酥，水很清
细沙和阳光滚动的纹路清晰可辨
在我还没出生的六十年代初
我家在哈尔滨，父亲是政法干校的教官
那时挨饿，母亲有时只喝点白糖水
父亲落下个毛病，有时半夜
会浑身突突冒虚汗，母亲就赶紧
给烙两张糖饼，吃了就好了
父亲是单位篮球队长，一比赛
母亲带着哥姐们去看，就听
满场有人喊，拦住那个穿大蓝裤衩子的
指的就是父亲，后来到了克山
母亲不喜欢那个县城，总哭
父亲经常出差，有时半夜回来
就听敲窗户，父亲轻声喊
淑珍哪，淑珍哪。我们几个睡在炕上的
小脑袋瓜子就都竖竖起来，兴奋地
听着，等着父亲给分好吃的

家里的活都是母亲干，父亲
就是个甩手掌柜的，不过
弄秋菜，挖地窖，扒炕，盖仓房
杀大鹅，都是父亲的，杀鹅才有意思
被斩首的大鹅在院子里乱走了好久
好像在寻找敌人的裤腿脚子要拧人
还有一次父亲在仓房里给鸭子实施绞刑
夏天，父亲把电灯扯到院子里
板障子边一排花盘渐满的向日葵
我们叫毛嗑，一家人在香椿树旁吃饭
父母感情很好，我六七岁时
他们正当壮年，父母住北炕
我却老是不知好歹，硬要睡在他俩中间
这辈子最幸福的就是童年那几年
后来，关于父母的记忆越来越少
现在我已逐渐赶上他们的年龄
就仿佛全家野游，我被林子里
一大片黄花所迷，落在后面
抬头，他们已经在闪亮的林子边缘
仿佛在等我，于是我满身花粉
奔跑着赶上去，离他们越来越近

2017年4月3日

10.家族肖像

童年的时候，在平房的墙上
父母结婚时那两口红木箱上方
曾挂着爷爷奶奶的黑白半身画像
笔触非常细腻，他们目光柔和
俯视着我们的生活，我们来来去去
似乎没有觉察到他们的存在
我有时端详他们，仔细比较
看不出我和他们有何相似
而且看久了，戴黑礼帽的爷爷
目光中就会多出一分狞厉之气
奶奶的目光就会闪现一丝忧虑
于是，我故意把抽屉狠狠推进
橱柜的身体，里边收藏着泥球
一只鸟细小的骨头，种子，糖纸
格尺，钢丝枪，和现在想不起来的
其他宝贝，而当一家人吃饭时
他们便恢复了正常，细眉细眼地俯视着
以觉察不到的方式参与我们的生活
我没有见过奶奶，那个年代的女人
似乎长得都是一个模子
爷爷，我还记得，瘦高，不爱说话

用柳条编水桶，投下阴凉的笨井里
我曾把小脸扎进那沉重的水桶里
头一回品尝到了"凉凉的甜"
后来不知什么时候，墙上的肖像
都不见了，换成了一面
角落有面画了红凤凰的大镜子
但很长一段时间照镜子的时候
我都感觉有温和而严厉的目光
从它背后透过来，好像要和我
说些什么，在屋里没人的时候

2017年4月6日

11.陪母亲喝酒

红油漆的小炕桌很矮，木纹粗糙
有时，母亲在一天的家务之后
会用小得只能用拇指和食指捏住的
白瓷酒盅，喝点白酒
我六岁，母亲让我坐在对面
让我也和她捏上一盅
北方的小烧纯净而猛烈

如寒战直透脊髓

母亲喝得很慢

滴酒不沾的父亲，这时总不在屋里

哥姐们也会显出严肃的神情

母亲也不太说什么

只是让酒偶尔发出"滋"的一声

我喝完了就可以出去玩

留下母亲一个人继续喝

仿佛总有一个看不见的人和她对饮

我用过的小酒盅一直放在那里

等我玩累了回来，头上冒着热气

母亲的黑眼睛就会闪出愉快的光

她会认真地看着我脸颊上的红润

依然什么都不说

2017年5月2日

12.菜　窖

小时候住平房，外屋就是厨房

地中间有个地窖，用来放菜

还有坛子什么的，有一回

母亲突然叫起来，说窖里有"东西"

父亲把我们推回里屋

用手枪向窖里开了几枪

枪声非常响，震得玻璃嗡嗡响

等硝烟散了，父亲去察看

里边什么都没有

后来不知什么时候

外屋的这口地窖就被填死了

父亲在院子里另挖了一口

很深，得用梯子下去

夏秋季节，窖里阴凉

散发出浓重的土腥味

秋天时我帮父兄把土豆萝卜白菜

下到窖里码好，完工后

会有冰凉的白菜心蘸白糖吃

偶尔也会允许下到窖里玩

四壁漆黑，只有窖口投下一个光圈

人小的时候都喜欢把自己藏起来

当成一个东西，好像那样

就和事物的神秘合为一体了

窖里也没什么好玩的

就是在那里待着，坐在白菜堆上

手电会显得特别亮，时开时关

有的窖里还会进耗子

天冷的时候，窖口盖上
蒙了麻袋片，窖里除了秋菜
还有苹果，我和二哥下去偷苹果
发现有的土豆满身长长的白芽
扎进土里，散发出邪恶的气息
窖里的空气窒闷，热乎乎的
父亲高大的身影总是仿佛
会突然遮住窖口那方形的光
把我们封闭在童年的惊慌中
我俩赶紧上来，躲到仓房后面
啃苹果，二哥牙快，便急着催我
牙齿在苹果上打滑，雪灌进脖领子
而那些地窖早已恢复成了坚固的土地

2017年5月5日

13.放学回家

小时候放学回家，如果没看见母亲
我的第一句话就是问哥姐
妈呢？我们习惯了一回家就看见母亲
在忙着做饭，或是在门口静静地抽烟

母亲没在家，二哥和我便会

赶紧去邻居家找，西邻是张姨家

东邻是李大娘，再过去是老郝家

不外乎这三家，一般都能找见

那时邻里关系密切，板障子上面

会开有小门，用铁丝钩挂上

不用走大门，彼此就能串门

偶尔碰见家里没人，蓝油漆的门锁着

只有高大的土豆花静静地站在屋檐下

我就一阵恐慌，好像和前苏联开战了

或是家里人都搬走了，把我丢下了

只要母亲在家，就是平安无事

就可以安心写作业，等待父亲下班

带回来子弹壳和西瓜，奇怪的是

从没有人问，爸呢，好像有妈就够了

2017年6月3日

14.冻梨的滋味

年三十或是大年初一的晚上

我会揣一挎兜小鞭或是瓜子

跑出去和小伙伴们玩儿
有时也打着纸灯笼，小鞭放没了
或是灯笼里的小蜡烛灭了
才会回家，那时往往都是半夜了
有一次我回到家，穿过积雪的
点着冰灯的院子，房门大开
屋子里灯光明亮，但一个人都没有
后屋红油漆的柜子上，用铁盆
缓着冻梨和花红，盆子里的凉水
已经结了冰，冻梨已经软了
我抠出来一个，它呈棕黑色
冰壳里留下一个椭圆形的坑
梨子松软而粗糙的皮裹着冰凉的甜味
微微的不安如同颤动的灯光
父母一定去邻居家玩麻将了
我没有去找他们，而是留在家里
房门和院门都敞开着，夜突然是那么静
硝烟和白雪的气息飘进屋子里
我使劲吮吸着冻梨，直到梨核变得枯燥
在嘴里泛出苦涩而孤单的滋味

2017年6月3日

15.吃东西

上小学时有回母亲做饭晚了

我没吃上饭就气鼓鼓地走了

那是唯一一次没吃上早饭

晚上回来，母亲歉疚地安慰我

我也不知道自己为什么生那么大气

小时候缺糖，所有有甜味的茎秆

都被咬个遍，树枝里边那层绿皮

叫作玻璃脆的一种花，各种草根

最爱偷吃维生素，先甜后酸

打蛔虫的塔糖成了一大盼望

有时上学路上无聊，就裤兜里

揣几块大盐粒，走路时含一粒

大学时去逛街，口袋里会揣块粗饼

一边走一边捏一小块扔嘴里

仝红过十八岁生日，去她家

吃外头裹着面做的鲫鱼

我想先把面皮唆掉再吃

仝红就大惊小怪一个劲笑话我

鲫鱼刺又多又细，好在仝晓锋

解了我的围，他"嗖嗖"吃得贼快

还说他是半拉回民，擅长吃鱼

在李周仁宿舍吃橙子

咬大劲了，汁水差点呲眼睛里

周仁哈哈大笑，她去交大找我玩儿

因为身高比例实在太悬殊

去食堂路上她就拉着我手

一个巨人领着一个小精灵

大学四年，食堂的菜只记住个

烂糊白菜，和免费的玉米面糊糊

小时候不吃面条和粉条

老觉得像大鼻涕，大学毕业后

一个人住，反倒喜欢起面条来

因为一只碗就能装下，方便

马原出生后，有很多年

因为吃饭生气，总感觉耻辱

冬天在大走廊，天天抠土豆芽子

耐心地用汤匙柄，把一个个

麻点都抠掉，抠成很深的小洞

现在在大学教书，还是吃食堂

每天吃啥成了一个to be or not to be的

大问题，常常纠结得像个哈姆雷特

于是乎总结，人生最大的耻辱

是因为要吃东西才能活着

而不是喝西北风，或者东风压倒西风

2018年2月25日

16.做家务

六岁前家在伊春，带院子的平房
院墙是用木头整齐地摞起来的
再用方子做立柱固定
半人来高，近一米宽，可以在上面
走来走去，新鲜的木头味
墙那边别人家神秘的生活
也许还有屋脊外隐隐的青山
构成了儿时梦想最初的结构
不记得见过父亲垒墙，这芳香的堡垒
似乎一睁开眼睛它就在那里了
也不见大人盖门斗，刷成绿色
三角形顶端，带玻璃窗，不大
有裸灯泡照着下雪的寂静
有时早上起来推不开门了
原来一夜大雪，风把雪赶到门角
把门压得紧紧的，就推开个缝
用小铲子掏，院子几乎填满了
半人高的雪，就一路掏洞到大门
这样的雪洞往往能保持好些日子
从胡同里一直通向大街
每家门前都会有个出气的天窗

透下水晶般的阳光，我们钻来钻去
透过细木格的蓝油漆窗户
木地板发出暗红色，我和母亲
坐在地板上打蜡，给我一小截
洋蜡头，转圈蹭，然后用干净抹布
擦得能照见人影，穿袜子直打出溜滑
有时发大水，地板缝里就往外冒水
我用小塑料盆帮着往门槛外舀水
水还是很快就没过了小腿
各种颜色的小盆便漂浮起来
也不知道害怕，倒觉得兴奋
后来到了克山，还是住平房睡土炕
炕席总会给稚嫩的身体留下小刺
母亲做饭我拉风匣，总觉得有小耗子
在里边来回跑，很可怜
呼哧呼哧，灶下的火时高时低
引火是个技术活，我总是掌握不了
母亲和大哥会用多脂的松明子
或一张纸，漆黑的炉膛就腾起红光
刷碗对我来说实际就是在玩儿
在做饭的大铁锅里放上碱水
像洗净一个个想法，从此收拾东西
往往也是对内心秩序的整理

捣蒜，把白生生的蒜瓣塞进臼里
用手捂住臼口，用小擀面杖
贴内壁先把大部分蒜瓣压扁
不然会蹦出来，臼里越来越黏
辛辣的气味扑鼻而出。储秋菜
也是乐事，冰凉的大白菜
院子里码成一堆一堆，整整齐齐
准备下窖，或是腌酸菜
帮母亲捣自己家下的大酱
棕色大缸立在屋檐下，用白纱布
盖着，隔段时间就打开捣捣
把上面的硬壳捣碎，像诗的形式
浑融于颜色更浅更新鲜的内容
不能让雨水渗进来，会生蛆
最不爱干的是倒垃圾，弄个土篮子
垃圾贫穷的内容让我难为情
秋天糊窗户缝，用面粉做糨糊
旧报纸撕成条，糨糊总不好使
随着窗户的封闭，金色的阳光
也就只能在屋檐下站着了
像是闹掰了不让进屋的小伙伴
劈绊子，撮煤，扒炕，盖仓房
都是父兄们的事儿，似乎总是

土地发潮阳光明媚的春天，看他们
夹板樟子，灰色的木板和新土
沿根部再点上一溜葵花籽儿
新葵如苗条的邻家姐姐，陪我长高
等葵盘渐满，时光之轮又转过一圈
我那童稚的脸也丰满了一圈
并悄悄罩上成熟的忧虑

2018年2月22日

17. 生　活

生活，这是个生死攸关的大问题
每个人都在生活，只要还活着
相声演员有说学逗唱的生活
教书匠有皓首穷经唾沫四溅的生活
工人的生活里有钢花飞舞
有漂亮的天车女工，打打闹闹
农民的生活有地头开会
秋收冬藏，挖田鼠洞掏出一堆堆
黄豆，让田鼠一家用麦秆上吊自杀
有你怎么也走不完的走廊，也找不到

盖红章的那顶帽子，它会飞
像赫尔墨斯脚上带翅膀的靴子
作为诗人，我们没有自己的生活
虽然我们活着，也吃也睡也骂人
比如我，我的生活基本就是
在书里生活，不是学以致用
而是研究怎么样做一个无用之人
且写这种无用之美，讲授这种
无用之思，且以玩弄词语的肉体
为最大乐趣，比如有写诗的
打电话过来说，老马来我酒吧朗诵诗
有兴趣吗？没兴趣，我只想抽你们
老马我知道你想抽我，这个以后再说
什么以后再说，我现在就想抽你
再比如，九十年代去一家编辑部
和主编讨论诗和生活的关系
主编大人说，别人的诗关心生活
我说，都活着，谁不关心生活啊
结果好几年，主编不关心我
同样关心生活的诗了
诗不是来自满满当当的生活
创造力往往来自于生活的单调
那些满世界乱跑的，属于狗腿子

且没有主人，连伪军都算不上
我从没有厌倦生活
我只是厌倦了别人的生活
诗来自生活，又绝不高于生活
它反过来成了生活的一部分
像一架纸飞机，可以切开
房间的幽暗，飞到别人家的阳台里去
所有的诗当然都来自生活
否则它还会来自死亡吗，没有人
能死里逃生，带给我们消息
除了基督，像《白鲸》里的以马内利
作为人，我也许有过，一个工程师
一个图书编辑，一个大学教师的
几种不同的生活，而作为诗人
我生来不是为了享受生活的
而是为了获得生命，这才是
生死攸关的问题，它使我正在经历的
暂时的生活，有了永恒的意味

2018年2月26日

18.没意思

五六岁时我时常跟在母亲身后磨叽

没意思没意思，母亲便没好气地说

谁家有意思上谁家去

那时的没意思也许只是小孩子的寂寞

只是存在于这个大坝上的一道小小的裂纹

很容易被野心勃勃的黄泥填充

自己可以坐在里边驾驶的大飞机

怕雨淋而被摆在草编鸡窝里

敌我不分混在一起的泥巴军队

被功课、拳法和木头大刀所填满

可从意思到意义始终通着一条暗河

比如冬天午夜，家人都已睡熟

便会有半尺高戴花帽红红绿绿的小人

像唱戏的从门缝里冒出来

分成两队，在屋地中央交叉绕行

然后抬出一把龙椅放在圈子中间

他们吹吹打打，嗡嗡嘤嘤

却始终不见有谁坐上那把椅子

我装作睡着了，用眼角眯缝着看

但总是不知不觉坠入黑甜之乡
有段时间，对中学课本的知识
产生了严重怀疑，既然都是人造的
还不如自己研究个究竟
这浮士德的知识悲剧一直延续下来
对知识可靠性的疑虑带来更多的知识
更多的书，失望和晕眩
我想找到一种表达这疑虑的语言
翻遍了所有的书都一无所获
世界的真实和生命的真相
也许一个残酷一个冷酷
真理也许是人类承受不了的
所有的书都是为了掩盖住它
用东拉西扯，用顾左右而言他
用所有发明的娱乐，只为了盖住
真理那落雷般的寂静
而诗歌不过是把有意思的写得没意思
把没意思的写得有意思

2018年2月26日傍晚

19.父亲节写给自己的诗

计划生育让我这辈子只能做一回父亲

没有机会让你获取经验

自己还是个晕头转向的孩子

大玲刚怀马原那时，我总是恐慌

忧愁以后的日子，总觉得孩子可怜

生在一个贫穷之家可谓天生的不幸

好在大玲乐观，我给她剥瓜子

说吃瓜子胎儿头发黑，纯属扯淡

我还会蒸带鱼，大玲挺着肚子下班

天都黑透了，有一回一进门

脸上哭得一道一道的黑，原来

是被公交车女售票员薅头发用脚给踹了

我这火蹭地一下子就上来了

带着她就找车队去了，调度说

下班了家里没电话，找不着人

要是找到那女的，我非踹她个半死

大玲高大有力，如果不是怀孕

一般人还真整不过她

贫贱夫妻百事哀

在大走廊的黑洞里马原也长大了

不但没冻着饿着，反而高大健壮

一脸善良。上幼儿园那会儿
大玲早起带他到城市的另一端
哈尔滨冬天很冷，马原三岁
早上我就在床上轱辘他
轱辘几个个儿，他就醒了
然后装在一件红羽绒服改的棉猴里
棉猴下端缝死，手插进两个兜里
正好能把孩子抱住，我们命名为抱猴
在黎明的黑暗中我把他们娘俩送去车站
马原最先学会的不是叫妈妈
而是叫爸爸，是我抱他去打针
把他交给护士时，他突然一连串地
叫爸爸爸爸，望着我，但也没哭
每次我出门，马原都会发烧
后来是管所有会动的东西都叫"牛"
被逗急了会冒出来一句"打你"
有些人天生就不适应社会
我就是典型的，为了回避现实
于是乎写诗，越写，现实越残酷
自己越缩回内心，整个一恶性循环
至于作为父亲，我自认为是不合格的
啥社会事儿也办不了，只能干瞅着
所以常自称窝囊废，现在马原

已经自立了，工作生活都算安稳
我也幸亏上帝保佑，没有被生活的海洋
彻底淹没，也没有因写诗而堕落
这就算不错了，还能咋的

2017年6月18日晨

20.玫瑰中学

我住新开街大走廊宿舍的时候
它还叫作第十三职业中学
马原有时在校园里玩沙子
我趴窗台上就能看见他
他自己哈哈大笑，不知道天就要黑了
那是九十年代初，秋天有毕业演出
我会长久地看着学生们表演
想着马原也会长大，和他们一样大
穿校服，表情严肃，站在队伍最后面
这座大门开向上游街的老房子
我一次都没有进入它的内部
它的对面就是马原上的洋洋幼儿园
我曾写过一首《白日美人》的诗

洋洋一直没有结婚，全部身心

都扑在孩子们身上，也从不出门应酬

洋洋妈时常忧虑地谈起她脱离社会了

洋洋常说，马原多好玩啊

前几年我遇见洋洋妈

在已经衰落的幼儿园看见了洋洋

她已经不记得我和马原了

一点都不记得了，她脸色煞白

应该是常年不出屋的缘故

那条街不知从哪年起种了沙果树

一到秋天，路边青青红红很好看

而中华人民共和国成立前曾经名为玫瑰中学的这座老房子

也早已变成了市教育局

被马原叫作黑洞的我们曾经的家

也早已彻底消失，连同那些年

白日幽灵般晃荡到我家的诗友们

他们常常拎着一条冻鱼

进屋就上床，在窗台上坐着

半天才说上一句半句

而在黑暗中常常会有小清雪落下

2018年2月19日

21.哈厂浴池

1986年我毕业分配到哈尔滨车辆厂

它隶属于铁道部工业总局

现在铁道部是否还存在，我不清楚

这家原中东铁路总工厂

简称"哈厂"，厂报叫作《三十六棚》

意谓以前这里是松花江边的大野地

跑着兔子和狼，一片棚户区

在全路三十六家工厂中排名倒数第二

我在这里度过了十八年最好的时光

从一个不知道说什么就只好

对人傻笑的青年，长成了一个心事重重的中年人

那时一起分配来的大学生们

互相开玩笑，路上看见一个鸡皮鹤发的老太太

我就会对陈卓说，这就是你的未来

绝望笼罩着我们，似乎这辈子怎么度过

怎么退休，都一眼可以看到头

赶潮流跑到广东的杨于军回来看我

一个劲地叹息太可怜了太可怜了

我先是住一号门外的单身宿舍

马原几个月大时

屋里有烟道从一楼食堂通上来

热得马原浑身都是红痱子
后来单位把宿舍分给结婚的，两家一屋
中间用纤维板隔开，我还刷了白油漆
床是同事帮我用角铁和木头钉的
马原晚上一哭，隔壁新婚的一对儿
就唉声叹气，后来马原和大玲
去娘家住了半年，一整个冬天
就我和诗人王小蝉两个人住
他那年状况不好来投奔我
我俩蒸馒头，面发不起来，硬得能打死人
有一次他和后来杀人的阿橹喝得烂醉
回来踹门，说和我气场犯冲
在我身边写不出诗来
那几年洗澡是个大问题
车间有认识人的会去车间洗
据说水大，又热乎
我几乎不认识谁，只好去浴池
一座二层楼的黄色老房子
要自己用盆带着拖鞋，排队
自己带存衣柜的锁头和钥匙
冬天特别麻烦，那时都穿棉裤
洗完出来穿裤子很是费劲
那些年的冬天似乎也比现在冷

浴池里什么样，我已完全不记得了
那时偶尔能碰见几个漂亮的女同事
披头散发出来，孟冰冰和吕春丽她们
也不打招呼，她们似乎不是她们了
新世纪初工厂息工，那座浴池
也早已废弃，窗玻璃上还留着
直板卷发的字样，冰冰买断工龄了
春丽死于癌症，我时常想起她们
车辆厂也早已改名，从一万几千人的
百年老厂，裁员剩下两千来人
搬到了先锋路，空荡荡的
前后几届进厂的大学生基本都走了
现在只有诗友王嘉丰还在那里工作

2018年2月19日

22.想起一个过去的同事

我刚进车辆厂时在产品开发处
计算机室，后来改为设计处计算中心
室里十来个人，主任是个天津知青
工农兵大学生，口音很重

叫刘树森，中等身材，圆脸小眼睛

看着挺和气，实际上很会算计人

我是厂里唯一一个计算机专业本科生

有天快下班时，他扔我桌上一本软件说明书

"小马，你就不能给我争争气

把它译出来，明天给我拿出来。"

当时年轻，不知道这是在刁难人

熬个通宵译成了汉语，他又说

你还真译出来了。其他就没话了

那时因为写诗，不少人去领导那里说坏话

实际上我的工作始终保质保量

每周三政治学习，此人经常

把我拎出来当反面典型，比如讨论

主客观问题，他就把伯克莱踢石头的事儿

拿来讽刺我。那几年在他的折磨下

心情十分压抑，现在想起来

我对这个下了地狱的人

只有淡淡的怜悯，而我拼命学外语

翻译作品，还得感谢他

因为上班不让看别的书

学外语他就管不着了，人生成败

不止在今世，灵魂得救才是最后胜利

那些贪官都在地狱里
他们才是失败者，不值得羡慕

2018年2月19日

23.车辆厂大院

车辆厂搬迁后，原址成了爱建滨江
一个高档小区，那块被贱卖的地皮
埋葬了我十八年的大好时光
但现在想来，几乎又没有什么记忆了
似乎那十八年中没有任何值得
记录的事情发生，起初住单身宿舍
一楼有个学习室，一个大姐有回说：
"你还真把诗当回事了。"
她的名字我早已忘记
只有这句话留下了，它让我吃惊
原来我视为生命的，别人只当成玩笑
诗歌从来不是可有可无的点缀
它承载着真理，现实的苦难
和人心的荒芜，它是最真实的历史记录

我所在的计算中心在十三楼

外屋很宽敞，南侧和西侧都是

巨大的玻璃窗，里屋是机房

我的办公桌紧靠西北角

抬头就能望见松花江公路大桥

桥上汽车玻璃的闪光

和毯子一样铺在桥上的平原

就在那里，我翻译美国后现代诗歌

写在废打印纸上，稿子有一尺厚

有时忘记了太阳晒，背心湿透

就在那里，我整整一个冬天

整理录入麦可的遗作

用二十四点阵的针式打印机

嗞啦嗞啦一行行打印出来

同事们都喜欢去别的小组串门

尤其美女多的标准化组

大多数时候就剩我一个人

下雨时最开心，雨下冒烟了

大楼被暴雨哗啦啦的寂静包围

我一个人眺望世界

仿佛柱头修士在他孤零零的圆柱顶上

已经过世十年的韦尔乔

曾经有年冬天来过

他说大院里都是雪，是那个冬天
他最开心的事儿，我在工厂里写诗
远处就是散布的各种车间
轧钢车间的大气锤咣当咣当
蒸汽嘶嘶响，天车滑来滑去
修造的货车在铁道线上来来去去
我有时下车间，各种形状的钢铁构件
和人喊着说话，车间远的得走半个小时
现在那片地方只剩下一个火车头
一个水塔，和一个从地底下挖出来的
金灿灿的毛主席塑像
我再也想不起办公大楼的准确位置
一切似乎都从来没有存在过
包括我这个人。可我还会
固执地梦见它，梦见它周围的小胡同
梦见我迷失在包含绵延山河的大院里
怎么也走不出去，或者是出差回来
怎么也找不到自己的办公桌
而同事们似乎根本就看不见我

2018年2月19日

24.饭　盒

在车辆厂上班那些年

记忆较深的是带饭的事儿

一个铝饭盒，因为用得久了

磕碰出一些小小的凹坑

总是刷不太干净，用橡皮筋一勒

无外乎米饭和最简单的菜

咸鸭蛋，鸡蛋炒西红柿，带鱼什么的

夏天还好，冬天麻烦

不能有汤，会洒出来

用旧皮提包或者布的三角兜子装着

有时烧点开水，单位楼上

安排了一个锅炉，一个大铁桶

大家都去那里热饭，谁的饭盒

摞谁的饭盒上边，就得考虑考虑了

去晚了还没地方放

时辰一到，用棉手闷子拿出来

同事们互相帮着热饭和取饭盒

有时大家坐一起，那时家庭条件

就显明出来，有时还互相串着

尝尝彼此的菜，大多也没啥特别的

那时武俊德总逗吕春丽

说她老公给她喂得白胖白胖的
春丽就用笤帚疙瘩满屋拍老武
有时我们边吃边甩扑克
或者先赶紧吃完，饭盒往窗台一放
趁午休打上一圈，有段时间
基本是我和朱军或姬奎利一伙
女同事吴亚杰和孟冰冰
或是吕春丽一伙，我的牌技挺臭
玩的是什么名堂也记不起来了
那段时间，通过玩扑克
同事们处得不错，都挺开心
盼着午休，主要也是有两个大美女
一起摸扑克说说笑笑挺有意思的
上班铃声一响，马上收摊
各自去洗饭盒，叮叮当当
下班往自行车后座一夹
勺子在里边咔啦咔啦直响
慢慢悠悠骑走，或者叉腿站路边
和很久不见的熟人聊上几句
后来不知从哪年起，大家就不带饭了
饭盒换成了盒饭或回家去吃
也不打扑克了，日子便无趣起来

2018年2月20日

25.报　到

1981年我从克山考入西安交大
父亲陪我到了齐齐哈尔
从那里送我上了去北京的火车
我从未出过远门，除了小时候
全家一起回过几次绥化老家
与克山县相比，齐市是第一个
我到过的城市，夜色中的吊炉饼
是我认为最好吃的东西了
实际上可能就是北方常见的大烧饼
父亲早年做铁道兵时的朋友
在北京接到了我，在他办公室
睡了一夜，又转乘去西安的硬板火车
那时火车特别慢，我是靠窗口的座位
秋天依然很热，从开着的窗
风正好吹着我的白衬衣上部
多少个小时到的西安记不清楚了
只记得一路我都没动地方
也不吃不喝，结果白衬衣成了灰色的
学校有接站车，满街巨大的梧桐
一位姓高的女同学是教工子弟
在宿舍楼前负责接待登记

我居然以为她是老师，便管她

叫了老师，也许城里人长得成熟吧

这种幼稚让我一直记忆到如今

不知怎么，我安静的十七岁

居然能吸引一些奇葩的"坏学生"

东区一个西安本地姓邵的新生

不知怎么找到我所在的西区

来和我结识，写了不少歌词给我看

当时买饭票是生活委员统一给买

不知怎么把我落下了，态度还很生硬

我就和这个邵说了几句

他二话不说操起厕所带皮碗的抽子

就给那生活委员一顿捅

不欺负老实人有罪

可性格是天生，磨练不出来

受再多苦也没用，除非蹲了监狱出来

或是信仰之功，性格才会大变

邵后来因为什么事被开除了

刚入学，也没谁知道我写诗啊

他怎么来找我，始终是个谜

就连全晓锋怎么出现的，怎么认识的

我也不知道了，我性喜沉默

对滔滔不绝者天然有点反感

晓锋恰恰是口才杰出之人

给我的第一印象并不怎么样

可是友谊也是天定的，逃不掉

我们互相出现在对方的瞄准镜里

绝非偶然，1986年毕业时

因为写诗，我被发配到哈尔滨车辆厂

晓锋是教工子弟，有门路看到

我的分配方案，火急火燎跑到

我宿舍楼下，一个劲说完了完了

我这厢却还在写诗，没事人一样

我对自己命运转折的大事

始终有点糊里糊涂，随波逐流

但凡凭我本身解决不了的事情

我都有点听之任之，任人宰割

这辈子只会学习，做作业

百无一用，窝囊废一个，完犊子

啥社会事儿也整不明白

根本无法适应中国社会

能跟头把式活到现在已是奇迹

去车辆厂报到是发小朱四陪我去的

整个哈尔滨就认识他一个人

这小子从小精明，和我完全两回事

他后来和我说，我老和人傻笑

我是因为不知道该说啥只能微笑

宿舍没安排好之前，我在招待所

住了一两天，行李就是一玻璃丝袋子

那犹太老会堂的暗红色木地板

房间宽敞如同战地医院

现在它已改名为音乐厅

还有弯曲的楼梯和彩窗

光透进来简直如同圣乐

报到时领我办手续的人事处的

薛万华干事，用自行车驮着我

去一些单位盖章，还说就是他

去交大要的我，一个很温和的兄长

那些年抓劳动纪律，厂门口

有录像，有回把我给录上了

也是薛给说情，没处理

不过，任何一个人在不同人群那里

给人的印象殊为不同

评价甚至完全相反，比如这个薛

在另一些入厂大学生那里

就成了坏人，厂子完蛋时

有些人要走，据说就是他不给放手续

2018年2月20日

26.煤油炉

一尺来高，方筒形，刷着绿漆
摆在走廊自己搭的木头台子上
台面上垫一张厚的白不锈钢板
大玲可以从单位领火油
是烤旧电机用的，好重新下线圈
她在机修车间，线圈很重
手腕子累得鼓大包，我老得给揉
煤油炉是八十年代末在秋林买的
当时就很少有人用了
大玲因此还受到单位同事的嘲笑
她却暗自高兴，每个组火油有限量
别人不用，她就够领的了
别人家烧煤的就偷单位的地板块
她所在的企业和车辆厂
正好在哈尔滨东西两端
火油属于易燃物，很不好携带
大走廊里沿墙每家摆一个煤油炉
各式各样，五颜六色，蔚然成风
我家买的是最好的
黑色旋钮一拧，一圈火捻子
就和蜡烛芯一样升起来

可大多时候火还是大不起来

那时主要是做面条，两个人

一顿能吃一斤，卧上几个鸡蛋

火上不来，面就溦了，坨成一团

我就反复拆卸，换捻子，弄一手油

煤油得到处去弄，我曾看见一个

一同分配来的大学生，从车间

要了一塑料桶煤油，却害怕

被大门口的门卫抓，就贴墙根

把油都倒了，因为舍不得那桶

这种炉子烙饼、煎鱼都可以

傍晚时，昏暗的大走廊里就闪烁起

生活的火苗，和一张张年轻的脸庞

大家还边做饭边聊聊天

邻居家小孩有小李慧、小茉莉和大龙

小李慧长得跟小木耳似的

时常拿板凳坐她家门口

大玲就塞给她一块大饼干

一只小手都拿不下，坐那里吃

小茉莉有张白胖的大脸，闷乎乎的

大龙四五岁，他妈礼拜天总去教会

一骂人，大龙就说，你不能骂人

你还信主呢，教会不让骂人

大玲问过她为啥信那个啊

大龙妈说，你看我家多困难哪

自己下岗了，大龙爸是打更的

大龙家隔壁那家条件挺好

一整就切红肠吃，满楼道香味

大走廊的好处就是谁家做啥全都知道

大玲做包子，一会有只小手就拿一个

一会拿一个，一锅就空了

我家隔壁有个大姐一做大馇子

就招呼这帮小孩搬着小凳

带小碗去吃，她爱人外边有人了

老揍她，那大姐长得其实挺好看的

后来单位给发煤气罐了

大玲再也不用领火油了

诗友嘉丰给我在车间焊了个铁钩

把煤气罐挂自行车后座上

我推着去很远的二号门换气

终于告别了煤油炉时代

2018年2月20日

27.宿　舍

车辆厂宿舍在厂子一号门旁边
三层的红砖小楼，我住310
舍友余吉成家在阿城，总通勤
另外有两个车间工人，一个姓杨
他俩一喝酒就骂，说是他们工人
养活了我们这些大学生
我也不理他们，把本子垫膝盖上
继续写我的诗。1989年5月月底
我和大玲参加集体婚礼回来
同舍的三个哥们挺够意思
到别的屋挤去了，我俩把床一并
算是婚床，我们吃食堂
那时出差得把地方粮票换成
全国粮票，我的户口是集体户口
我俩没有口粮，母亲就从克山
给捎白面豆油，还有黑面
这些大学生在宿舍里用电炉子
和酒精炉，一到做饭就跳闸
大玲怀孕了，我给她剥松子
蒸带鱼。有两回我出差时
诗友中岛去找我，大玲托我同事老武

第三辑　对面的房间

235

给打的饺子吃，王小蝉也去过
父亲到哈尔滨看病，来宿舍
大玲给烙的饼，做了鳕鱼，炒鸡蛋
父亲只吃过儿媳妇这一顿饭
还说做得不错。我和大玲
谈恋爱时，第一次回克山探亲
父母已搬到农村养鸡
租的房子能望见公路
我们一下长途汽车，父亲就穿过
冬天积雪的地垄沟来迎我们
乐呵呵的，他们住的平房有个墙角
裂开个大缝子，里边长满了霜
父亲睡觉得戴着棉军帽
1990年父亲过世之后
半身不遂还没好利索的母亲
来帮我们带孩子，脚走不了直道
用一只手抱着马原
后来宿舍整顿，搬到半拉屋后
母亲就回克山去了，310之后
我们又搬到新开街大走廊
母亲又来待了一个冬天，帮带孩子
母亲待不住，老念叨回克山
我们就买一堆小食品，扔一床

亮闪闪的，母亲就和马原挨样吃
母亲还爱吃地瓜红烧肉和酥皮点心
还爱吃桃，她一说要回克山
我就给买大桃，后来这招也不好使了
母亲说，自己回家吃小桃去
后来母亲再也没能来过

2018年2月21日

28.回　顾

亚伯拉罕牧羊时在平原上走出的
弯弯曲曲的路线，有时与水流平行
有时是完全的干旱，回顾过去的年月
我也仿佛是一个漫不经心的牧羊人
不知不觉走到一个水流湍急的转弯处
便回身张望，惊讶于平原是如此广漠
那些在透视中缩小的路线和弯折
变得格外清晰，似乎有一种力量
始终在引导保护着我，让我历经艰险
却不会失丧，与其说它是盲目的命运
不如说它是上帝本身，透过各种事件

第三辑 对面的房间

透过不同的人，引导我行经高山幽谷
我仿佛是从一千个梦中醒来
每一个梦中都有一个真实的我
一个真实的故事，纷然向我汇聚
像是突然从平原边缘生发的暴雪
从看不见的巨大衣袂上滑下来
围绕着我飞舞和低语，起起落落
急于告诉我一些随着我的苏醒
而逐渐模糊的梦中发生的故事
用亲吻给我的额头加冕的
那分不清是母亲还是爱人的女子
我似乎是一只红鸽子衔着罂粟花
飞扑到她怀中，或者我就是她
唯一能从阳光中带回幽冥的那只
开裂的红色石榴，或是她沉思时
蓝丝绒裙裾上一道并不明显的阴影
那些真实的故事似乎都和我无关
它们只是一些幽灵，要求我
使之显影，就像阳光印在软蜡之上
这让我感到寂寞，我是为许多人
许多陌生的我度过了许多个人生
我学习语言不是为了和任何人说话
而只是为了让虚构的变为真实

让真实的变为虚构，人生如梦

并不可怕，可怕的在于它居然是真的

我问自己，你相信你不存在吗

回答我的是围绕在我身边的重重阴影

你的存在，只是因为你将不再存在

它们一边回答，一边躲避着退去

在无尽的柱廊和时开时合的大门中

穿梭，探身，张望，嬉笑，长久地

各自独自数着这游戏的战利品

从将我封闭的存在的巨像上

绽裂的这些碎片：同时是玫瑰和罂粟的花

围绕着盛大的百合，像旋风的圆形剧场

或者是一个更为切近的形象：屋顶上

睡着的孩子，被来自星空的第一滴雨惊醒

揉着因为炽热的梦而颤动的眼睑

2018年2月28日

后　记

　　我出生于1964年7月17日，已过了知天命的年纪，可实际上唯一明白的就是，无论如何，总是时间在磨损着我们，就像卡在齿轮里的一粒细沙，万籁俱寂的时候，往往就会听到啃骨头一样的声音。过去的事已经过去，新天地展现在眼前，自己却还穿着旧日的衣服。这些诗歌，便可以看作是这种内心挣扎的记录。

　　这本诗集收录的作品，较为集中体现了我在２１世纪的心境与诗学探索。2002年，我的命运发生了天翻地覆的变化，此后，我的人生遭际相当富有戏剧甚至悲剧色彩。2007年9月9日，我离开生活工作了二十年的哈尔滨，南下执教，心境自然大为不同。来南京后写下的诗，主题集中在自我塑型的艰难过程。故乡是永远回不去的地方，金陵是一个无法追上其消逝的幻影，我便在两者之间不断徘徊。相信这些词句不仅仅是一个人的心灵史和生活实录，同时也是文化旅行的一个案例。因此，这些诗既可以作为个体心灵史的记录，也可以从中看出，在个人经验与诗学建设之间艰难复杂的博弈。

　　现在重新回顾这些文字，颇为感慨。没有任何人愿意自我流放，远走他乡往往是没有选择的选择，断念，对我这个情感为重的人来说，是难以做到的。幸运的是，经过岁月的磨洗，属于我的，没有丧失，本来就是误会的人和事，已随风而去，每念及此，当以手加额。感谢所有以各种方式来到我生命中的人和事，它们激励我催促我，使我认识到自我的局限，体会到精神之大美，更有勇气面对无定之定的未来。

　　感谢我的父母生养了我，感谢我的亲人和朋友们，更感谢在我的前半生或大半生中不断磨砺我的人和事。在这个世上，所有人，都在一个更深的层面与我会聚。

2017年年末于南京孝陵卫罗汉巷